VIDA QUE SEGUE

Por Maria Padilha das Almas

Flávio Penteado

VIDA QUE SEGUE

Por Maria Padilha das Almas

NOVA SENDA

VIDA QUE SEGUE
Copyright© Editora Nova Senda

Revisão: *Luciana Papale*
Ilustração da capa: *Dreamstime.com*
Capa e diagramação: *Décio Lopes*

DADOS INTERNACIONAIS DE CATALOGAÇÃO DA PUBLICAÇÃO

Penteado, Flávio

Vida que segue/Flávio Penteado – 1ª edição – São Paulo – Editora Nova Senda – Verão de 2016.
Bibliografia.
ISBN 978-85-66819-10-6

1. Umbanda 2. Romance I. Título.

Proibida a reprodução total ou parcial desta obra, de qualquer forma ou por qualquer meio, seja eletrônico ou mecânico, inclusive por meio de processos xerográficos, incluindo ainda o uso da internet sem a permissão expressa da Editora Nova Senda, na pessoa de seu editor (Lei nº 9.610, de 19.02.1998).

Direitos exclusivos reservados para Editora Nova Senda.

EDITORA NOVA SENDA
Rua Jaboticabal, 698 – Vila Bertioga – São Paulo/SP
CEP 03188-001 | Tel. 11 2609-5787
contato@novasenda.com.br | www.novasenda.com.br

Impressão e acabamento: Mark Press Brasil

Agradecimento

Uma vez me falaram que eu não deveria citar nomes em agradecimentos, pois sempre deixamos alguém de lado, muitas vezes por esquecimento no momento em que escrevemos esta parte do livro, pois se fossemos agradecer a todos aqueles que fazem parte da nossa caminhada e que, de alguma forma, colaboram para nossa evolução e aprendizado, acabaríamos escrevendo um livro só para agradecer. Por isso queria começar os meus agradecimentos a todos aqueles que me incentivaram nessa nova empreitada, mesmo que de forma indireta.

Quero agradecer à minha querida Maria Padilha das Almas que me intuiu boa parte deste livro, assim como meu querido Pai Jacobino que tem uma boa parcela de intuição nesta obra. E seguindo nessa linha, agradecer ao meu mentor espiritual e os guardiões que me protegem e os guias espirituais que me acompanham, me guiam e me protegem.

E à minha amiga querida, Kellyn Lino, aparelho de Dona Maria Padilha das Almas que, incorporada com seu guia, me passou parte de sua história e fez a primeira leitura deste livro, conforme combinei com a entidade.

Agradeço à minha mãe que fez a primeira revisão deste livro e sempre me incentivou muito para eu correr atrás de meus sonhos, assim como meu pai.

Gratidão à minha família, inclusive minha sogra, pela ajuda que nos deu e dá em momentos difíceis.

E às duas pessoas mais importantes da minha vida, que sempre me apoiaram e me apoiam em todos os meus projetos e me dão suporte para que eu nunca esmoreça; minha esposa Maura e minha filha Thaís.

E, neste livro, registro um agradecimento especial ao meu editor, Décio Lopes, que acreditou no meu primeiro trabalho e abriu as portas para que eu continuasse nesse sonho de levar um pouco de conhecimento e alegria para aqueles que leem meus livros.

Que pai Oxalá nos proteja e ilumine o caminho de todos sem distinção.

Sumário

Introdução 9
Parte I – *Nos dias atuais* 11
    A dor da perda 13
Parte II – *Três anos atrás* 19
    O florecer de um grande amor 21
    Lua de Mel 29
    Os primeiros sintomas 37
    A descoberta da doença 45
    O diagnóstico final 65
    O tratamento 71
    A busca por uma cura alternativa 83
    A piora 103
    O último adeus 111
    No Umbral 125
    No fundo do poço 131
Parte III – *De volta aos dias atuais* 151
    O reencontro com Maria 153
    O despertar de uma nova paixão 161
    A verdade sobre Maria 169
    O resgate de Jussara 183
    A volta ao terreiro de umbanda 189
    O despertar de uma nova vida 197
    Vida que segue 205

Introdução

Uma das coisas mais misteriosas que existe na vida de qualquer ser encarnado, porém a mais certa, é a morte. Este tema é com certeza um assunto que traz em qualquer discussão, várias opiniões distintas.

Os espiritualistas, acreditam na encarnação, os neopentecostais acreditam que se tivermos uma passagem reta e submissa, alcançaremos um lugar no paraíso, os católicos acreditam que se seguirmos as leis divinas e nos redimirmos de nossos pecados, iremos para o Céu e, caso contrário, vamos para o inferno. Mas o mais certo é que, de certezas, não temos nenhuma.

Eu como bom umbandista, creio na reencarnação, acredito que temos novas chances de consertarmos nossos erros. Isso não quer dizer que todos aproveitam esta oportunidade, porém mesmo assim, é dado a todos a oportunidade de aprendizado.

Neste livro, Francisco e Jussara passam pela dor da perda em lado opostos e apreendem com seus erros e acertos.

Na Umbanda dizemos que, ou aprendemos pelo amor ou pela dor, e isso é fato. Porém quase cem por cento das pessoas aprendem pela dor. Apesar de muitos não conseguirem enxergar na dor ou nas adversidades, o lado do aprendizado.

Aquele que nos ensina e nos mostra o que nos faz bem e o que nos faz mal, é como quando uma criança coloca o dedo em uma tomada e toma um choque, ela aprende que se colocar o dedo naquele lugar, terá momentos de dor e susto e acaba por não colocar o dedo ali novamente. Se fizéssemos como quando éramos crianças e aprendêssemos com nossos erros e utilizássemos estes erros para buscarmos os acertos, com certeza, teríamos uma população mais evoluída, buscando sempre o amor ao próximo e a caridade, seríamos mais humildes. Porém quando nos refazemos dos problemas que nos geraram tristeza, dor e preocupação, esquecemos de tudo que passamos e voltamos a cometer os mesmos erros, poucos são aqueles que utilizam deste momento para crescer e evoluir, evitando sofrimentos e preocupações futuras.

Espero que este livro ajude aos leitores a repensarem e compreenderem um pouco mais do que estou falando, e que possam, de alguma forma, entender melhor esta que é a única certeza que temos na vida. Quando cumprimos nossa missão aqui, voltamos para o nosso verdadeiro lar, o mundo espiritual.

E para aqueles que não acreditam, que aproveitem para se deliciarem com este romance que traz amor, queda e ressurreição.

Desejo a todos uma ótima leitura.

Parte I

Nos dias atuais

A dor da perda

O INVERNO CASTIGAVA A CAPITAL PARANAENSE, o frio e a chuva fina espantavam as pessoas das ruas naquela manhã de julho. Os termômetros marcavam cinco graus, as poucas pessoas que se arriscavam a passear naquela manhã fria de domingo, estavam com casacos grossos e toucas que cobriam quase o rosto todo.

Apenas Francisco estava no cemitério. Já havia se passado um ano desde a perda daquela pessoa que para ele era tão especial, e agora ele estava lá, mais uma vez...

Fora colocar flores e limpar o jazigo que ficara abandonado por um ano. Mesmo a chuva fina e o frio não impediram aquele homem de prestar mais uma homenagem à memória daquele ente querido.

Francisco ainda buscava explicação. Por que tinha que passar por tamanha provação? A saudade era grande e doía em seu peito.

A morte é um grande mistério para todos. Os espiritualizados que acreditam na vida eterna do espírito, compreendem toda a teoria deste processo, porém não estão preparados para uma despedida tão dolorida; já os céticos sofrem ainda mais, pois acreditam que ali é o fim da existência de um ser amado que deixará muitas saudades.

Após completar o ritual, ele se encaminhou até o cruzeiro do cemitério para acender uma vela pelas almas caridosas e pedir pelo conforto daquela alma que sofrera tanto antes do seu desencarne.

Francisco se tornou uma pessoa espiritualizada por consequência da dor que sofrera por alguns meses, porém nunca havia se dedicado anteriormente a nenhuma doutrina religiosa.

Seu envolvimento com a espiritualidade se iniciou quando ele, como todo bom ser encarnado, recorreu a religiões magísticas em busca de uma cura para os males da carne que, a pessoa mais importante da vida dele naquele momento, sofria. Após ver que a medicina do homem não achava solução para aquele problema, resolveu buscar outro tipo de ajuda. O que ele não sabia era que o destino já estava traçado e a missão daquele ente querido estava findando naquele invólucro carnal. Espíritos de luz tentavam mostrar àquele homem, desesperado por uma solução, o que já estava marcado para acontecer, e tentavam lhe emanar boas energias a fim de que não perdesse o equilíbrio e a força para suportar sua perda.

Dizem que quando nos desviamos de nossos caminhos, a dor é o melhor remédio no sentindo de fazermos uma reavaliação e uma reforma íntima, para que retomemos o curso normal de nossas vidas. Com Francisco não foi diferente.

Nesta época Francisco começou a ler bastante sobre o assunto e pesquisar sobre espiritualidade, mas sua dor e as preocupações constantes não lhe permitiam se aprofundar no assunto e nem se afiliar a alguma congregação religiosa. Porém queria tentar descobrir os mistérios da vida e da morte, como se aquilo fosse lhe trazer algum conforto ao seu coração.

Francisco chegou ao cruzeiro daquele cemitério, ajoelhou-se, posicionou as velas no local reservado e pediu com toda a fé que ainda lhe restava, aquela que vem do fundo do coração, para que seus pedidos fossem ouvidos. Lágrimas escorriam pelo seu rosto, sem que ao menos conseguisse controlá-las. Estava já terminando suas orações quando sentiu uma presença ao seu lado. Por um momento sentiu um arrepio correr o seu corpo e tentou ficar com os olhos fechados por mais tempo, esperando que, se algo estranho ao seu mundo estivesse ali, desaparecesse.

Passado algum tempo tomou coragem e abriu seus olhos, olhou para o lado e viu uma bela mulher fazendo suas orações, respirou aliviado e se levantou, mas permaneceu no local, apenas observando a dança das chamas das velas impulsionadas pela brisa que deixava a sensação térmica mais fria ainda – apesar da cobertura de metal criada naquele cruzeiro que permitia às pessoas acenderem suas velas e cultuar seus ancestrais mesmo em dias chuvosos –, quando uma voz tirou Francisco de seus pensamentos.

– Bom dia!

Francisco olhou para aquela bela mulher, ainda com lágrimas nos olhos e respondeu.

– Bom dia!

– Seu coração ainda sofre com a perda? – perguntou a bela mulher.

– É difícil nos acostumarmos com esta que é a única certeza que temos na vida. A morte – respondeu Francisco.

– A dor da perda é sempre grande, mas conseguimos aliviá-la quando temos a certeza que o espírito é imortal e continua a sua evolução – disse a mulher.

– Isso é muito bonito na teoria, mas na prática não tem a mesma beleza. – Era difícil para Francisco tentar ao menos compreender sua perda.

– Concordo com você. Mas precisamos ter a consciência de que se prolongarmos a dor, nós acabamos prendendo de alguma forma o espírito daquele que se foi neste mundo e não o deixamos evoluir, seguir o seu caminho.

Francisco ficou calado por algum tempo, e começou a se sentir culpado por ainda carregar aquela dor que parecia que iria acompanhá-lo pelo resto de sua vida.

Vendo a tristeza daquele homem a mulher completou.

– Sei o que deve estar passando, nós ainda não aprendemos a lidar com a morte, com a partida de um ente querido para outro nível evolutivo, mas temos que ser fortes e transformar nossa dor em memórias bonitas daqueles que partiram.

– Agradeço pelas belas palavras, mas ainda não estou pronto e forte o suficiente para prosseguir com este buraco que se fez em minha vida e que deixa meu peito vazio.

– Não se preocupe, não há dor que perdure uma eternidade. Mas devemos aprender com estas provações e tirar delas o melhor para nossas vidas.

Diante daquelas palavras, Francisco nada mais falou, apenas ficou admirando aquela linda mulher que falava palavras sabias e confortantes.

– Posso saber seu nome?

– Pode me chamar de Maria. E o seu?

– Francisco.

Maria era uma linda mulher, pele morena clara, cabelos negros e compridos, olhos verdes e um corpo escultural. Trajava um sobretudo preto que lhe cobria quase todo o corpo. O charme daquela mulher era estonteante, faria qualquer homem cair aos seus pés.

– Bem Francisco, eu preciso ir agora. Foi um prazer conversar com você.

– Eu que agradeço as suas palavras.

Maria se despediu de Francisco e seguiu pela alameda principal do cemitério até o portão de saída. Francisco ainda ficou admirando aquela mulher que de alguma forma lhe tocara o coração com suas palavras e o perfume inebriante que exalava. Não sabia se era um sentimento entre homem e mulher ou apenas um sentimento de gratidão. Quando se deu conta pensou em ir atrás dela, mas não mais a avistou, queria saber mais sobre aquela misteriosa mulher que lhe encantara. Seguiu até o portão de saída, mas já era tarde, Maria já havia ido embora. Então caminhou até o seu carro e voltou para casa, mas durante todo seu trajeto, a imagem daquela mulher não saia de seus pensamentos.

Será que estaria apaixonado por uma pessoa que vira apenas uma vez? Ou era apenas um sentimento de carência, que brotava num momento de dor e ele estava misturando tudo? Nem sabia quem era, se era casada ou se morava na cidade.

Francisco balançou a cabeça tentando afastar aqueles pensamentos e voltar à vida real. Mas de uma coisa estava certo, precisaria seguir com sua vida e deixar que a alma que fora tão amada por ele, fosse liberta de seus pensamentos e pudesse seguir em seu caminho evolutivo. Ligou o rádio do carro a fim de se distrair com as notícias do domingo, tinha medo que seus pensamentos voltassem a Maria, considerava aquilo uma loucura.

Durante todo o trajeto não conseguiu retirar aquela imagem de seus pensamentos e nem a conversa com a bela mulher. Quando chegou a sua casa, ficou parado dentro do carro sem abrir o portão, ainda estava disperso perdido em seus pensamentos.

Francisco era um arquiteto que conseguira reconhecimento e sucesso em pouco tempo. Era um dos mais requisitados arquitetos de Curitiba. Após sua formatura montara um escritório em sociedade com sua esposa logo após terem se casado.

Ele ainda estava ali, diante do portão quando este foi acionado para abrir e o barulho do motor lhe trouxe à realidade mais uma vez. Francisco colocou o carro em movimento e estacionou na garagem. Porém permaneceu por mais algum tempo dentro do carro, como se precisasse recuperar todos os seus sentidos, não viu a aproximação de sua mãe.

– Filho você está bem?

Meio desorientado ainda, Francisco respondeu de sobressalto.

– Sim mãe. Não sabia que estava aqui.

– Liguei para você a manhã inteira e como não me atendeu resolvi vir ver se estava tudo bem.

– Estou bem mãe, ainda um pouco fora da realidade, mas vou ficar bem.

– Você foi ao cemitério?

– Fui, queria deixar tudo em ordem lá e tentar amenizar minha saudade.

– Filho você precisa ser forte, não pode deixar se abater dessa maneira.

– Eu sei mãe, mas ainda dói muito, sinto falta dela. Parece que esta dor nunca me deixará. – Mais uma vez Francisco não conteve as lágrimas, deixou que elas escorressem pelo seu rosto.

– Com o tempo a dor se abranda meu filho, tenha fé. – Margarete abraçou o filho que estava em prantos e não se conteve, os dois choraram juntos.

Depois de alguns minutos eles se refizeram, e mais calmo Francisco perguntou:

– Vamos entrar?

– Vamos meu filho.

A chuva havia parado, porém o frio ia se tornando mais intenso naquele início de tarde de inverno.

Parte II

Três anos atrás

O florecer de um grande amor

O SOL BRILHAVA EM MAIS UM BELO DIA de verão na cidade sorriso. A temperatura já estava chegando na casa dos 22º graus e ainda o dia estava só começando, eram sete horas da manhã. O fluxo de carros ainda era pequeno nas ruas, mas a cidade começava acordar e dar mostra de que seria mais um dia de trabalho com calor intenso, fora dos padrões curitibanos, apesar de ser verão.

Mais um ano letivo se iniciava e Francisco estava pronto para encarar seu último ano no curso de arquitetura. Já tinha seus planos na cabeça, se formaria montaria seu escritório e aproveitaria a vida intensamente após os quatro anos de faculdade. Francisco dedicara os seus últimos anos aos estudos com o intuito de depois poder desfrutar de seu investimento pessoal. Estava apaixonado pela profissão e queria logo colocar em prática tudo o que aprendera. Porém isso nunca lhe privou de curtir a vida e se divertir, talvez tenha sido este equilíbrio de responsabilidade e diversão que o tornou uma pessoa equilibrada, mas com grande alegria de viver.

Já dentro de seu carro, se dirigindo para a universidade, Francisco ia cantarolando a música que tocava no rádio e relembrando alguns momentos de suas férias. Distraído não notou que o carro da frente parou na cancela de entrada da universidade e como se chamado à realidade, pisou no freio tentando evitar um acidente, mas o tempo e o espaço curto após despertar de seus devaneios não foram o suficiente para evitar a colisão. Uma batida leve no carro da frente, mas que poderia lhe render alguma dor de cabeça.

Francisco desceu do carro ainda meio assustado e inconformado por sua distração, e foi ver se estava tudo bem com o motorista do carro em que batera.

– Você está bem?

Francisco ao olhar para dentro do carro sentiu algo novo, um sentimento que ainda não havia vivido e isso lhe deixou meio paralisado. Pouco conseguia escutar o que o motorista lhe falava.

– Acho que sim. Mas parece que você não está.

Francisco nada respondia, seus olhos estavam fixos e sua cabeça longe daquela conversa.

– Você está bem?

– Desculpe, não sei o que houve, mas não entendi o que disse.

– Perguntei se você está bem.

– Sim, talvez um pouco atordoado, mas estou bem. – Francisco estava deslumbrado com a beleza da moça que estava no carro.

– Você quer que chame um médico?

– Não precisa, meu problema não é físico – disse Francisco distraído.

– Como assim?

– Deixa pra lá. Desculpe a minha desatenção, vou deixar meu telefone, é só me ligar quando tiver o orçamento do estrago do seu carro que eu cubro tudo.

A moça saiu do carro e foi verificar o que havia amassado.

– Acho que não vou precisar de seu telefone, a batida foi bem de leve e nem amassou meu carro. Acho que o seu é que vai precisar de um conserto.

Francisco nem havia visto o estrago que causara em seu carro, mas àquela altura aquilo era o que menos importava, a beleza da moça e aquele sentimento estranho que envolvia seu corpo não permitiam que ele se importasse com danos materiais.

– Desculpe minha indelicadeza, meu nome é Francisco. O seu qual é?

– O meu é Jussara.

Francisco ainda estava com o papel com o número de seu telefone na mão.

A moça insistiu mais uma vez.

– Tem certeza que você está bem?

– Estou sim. Você estuda aqui também?

– Sim faço Arquitetura – respondeu Jussara.

– Que coincidência, eu também faço Arquitetura. Em que ano você está? – Francisco estava cada vez mais aparvalhado.

– Estou começando o último ano. – Jussara estava achando engraçado aquele jeito do rapaz.

– Não sei se coincidência existe, mas também estou no último ano. Mas você não é da minha turma.

– Estudo à noite, só tem uma matéria em que eu não fui muito bem durante o semestre passado que faço de manhã – ela explicou.

– Posso pagar um café pra você no intervalo, para me desculpar?

– Não precisa. Felizmente não aconteceu nada nem comigo, nem com meu carro.

– Faço questão. Assim podemos conversar mais um pouco e nos conhecer melhor.

Aquela última frase saiu da boca de Francisco sem ele ao menos pensar em falar, como se algo lhe induzisse. Logo que se deu conta ficou meio encabulado, se sentiu um galanteador a moda antiga e aquele não era o seu perfil.

24 | *Vida que Segue*

– Desculpe se estou sendo abusado, não sei o que deu em mim.

– Não precisa se desculpar, não foi abuso. A não ser que realmente não tenha interesse em me pagar um café.

Jussara também sentira algo ascender dentro dela, mas não conseguia compreender aquele sentimento que parecia crescer a cada minuto.

– Claro que quero. Nos encontramos na cantina? – perguntou rapidamente Francisco.

– Sim. Bem, preciso ir senão vou me atrasar no primeiro dia de aula.

– Eu também preciso ir, nos falamos mais tarde.

– Certo – concordou Jussara.

Francisco e Jussara entraram em seus respectivos carros e seguiram em direção ao estacionamento.

O rapaz entrou na sala de aula ao mesmo tempo que o professor, porém não conseguia tirar seus pensamentos daquela bela mulher, aquelas duas primeiras aulas seriam longas demais, não sabia se aguentaria esperar até o intervalo. Sentou-se no lugar de sempre, porém desta vez não conversou com ninguém.

Estava com seus pensamentos longes dali, quando foi trazido ao mundo real por um de seus colegas.

– Chico. Chico.

Meio atordoado e voltando lentamente à realidade, Francisco se virou e olhou para Sandro que o chamava.

– Você está bem Chico? Parece longe.

– Estou bem sim. Não percebi que você estava me chamando.

– Estou chamando você há um tempão.

– Me desculpe, parece que hoje estou meio fora do ar.

– O que houve? É mulher? – brincou o amigo.

– Você só pensa em mulher Sandro. Tudo pra você gira em torno de um rabo de saia.

– Vai dizer que é ruim?

– Claro que não – resmungou Francisco.

– E se não é mulher o que está acontecendo?

– Apesar de tudo, desta vez você está certo. Encontrei uma princesa quando estava chegando aqui na faculdade.

– E ela deixou você desse jeito? Deve ser muito especial essa princesa.

– E é! Nunca me senti assim por ninguém.

– Está apaixonado? – perguntou Sandro, espantado.

– Não sei, só sei que ela mexeu muito comigo.

– E quem é a princesa?

– Jussara, uma estudante de Arquitetura, ela faz dependência de manhã.

– Isso está me cheirando a romance. Até o mesmo curso ela faz. Já vi que vou perder o amigo.

– Que é isso Sandro, nós mal nos conhecemos, nem sei se ela foi com a minha cara.

Logo o papo foi interrompido pelo professor.

– Se as duas crianças quiserem posso interromper a aula, assim não atrapalho a conversa dos dois.

Francisco e Sandro pediram desculpa ao professor e a aula continuou sem mais interrupções, porém Francisco não conseguia se concentrar, Jussara não saia de sua cabeça.

Um sinal estridente anunciava que a aula terminara e todos teriam um intervalo de vinte minutos antes da próxima aula. Francisco foi o primeiro a se levantar, nem esperando o professor fazer suas últimas considerações. Sandro se levantou e foi atrás do amigo. Quando estavam saindo ainda puderam ouvir a gracinha do professor.

– Estavam com tanta pressa assim de continuar o namoro os dois, que nem vão esperar eu concluir o meu raciocínio?

26 | *Vida que Segue*

– Professor nós precisamos ir, Francisco está apaixonado e vai encontrar com a mulher da sua vida.

Sandro se antecipou a Francisco, que só olhou com ar de reprovação para o amigo que deu uma risada gostosa e o puxou com pressa.

Já fora da sala de aula, Francisco repreendeu o amigo.

– Não precisava falar aquilo. Não devia me expor mais do que ele já fez.

– Relaxa Francisco, pense no seu encontro.

– E aonde você vai? – perguntou Francisco parando no meio do caminho.

– É claro que não ia deixar de conhecer a tal princesa que mexeu tanto com você. Mas não se preocupe vou ficar de longe, eu só quero ver quem é a gatinha.

– Olha lá em Sandro, não vai me fazer passar vergonha.

– Fique tranquilo, nem vou chegar perto e depois tenho coisas a fazer no intervalo.

Francisco foi até a lanchonete da universidade encontrar Jussara, Sandro ficou distante como havia prometido. Passados alguns minutos e nada de Jussara aparecer, ele se aproximou de Francisco e zombou do amigo.

– Acho que você levou um bolo.

– Talvez ainda não tenha saído da aula. Vou esperar aqui.

– Certo, depois nos falamos.

Passado algum tempo Francisco avistou Jussara chegando acompanhada de uma amiga. Levantou-se para que Jussara o visse e ficou aguardando que ela se aproximasse, porém antes de ir até Francisco, Jussara se despediu de sua amiga.

Francisco a cumprimentou com dois beijinhos no rosto e sentaram-se.

– Oi! – falou meio atrapalhado.

– Oi! Pensou que eu não viesse?

– Não. Quer dizer, fiquei um pouco apreensivo – admitiu Francisco.

– Minha aula demorou um pouco mais para acabar, por isso me atrasei.

– E por que sua amiga não veio tomar um café com a gente?

– Ela tinha outras coisas a fazer. Assim é melhor, podemos conversar mais tranquilos.

Francisco e Jussara pareciam que já se conheciam de outras vidas, a conversa corria tão solta que até se esqueceram de voltar para a sala de aula após o término do intervalo.

Os dois foram se conhecendo, saíram algumas vezes e logo estavam namorando, passados seis meses noivaram e logo após a formatura, se casaram.

Francisco e Jussara estavam cada vez mais apaixonados. Montaram um escritório em conjunto e logo já estavam com alguns projetos em andamento.

A vida se encaminhava com muita sintonia e amor entre os dois. A casa que haviam projetado juntos já estava quase pronta e em breve poderiam se mudar para aquele que seria o lar deles por muito tempo.

Lua de Mel

Com as obras da casa bem encaminhadas, Francisco e Jussara resolveram viajar para realizarem a lua de mel que havia sido adiada pelo início das obras.

Antes do casamento haviam decidido que só viajariam quando já estivesse tudo encaminhado, e era chegada a hora da tão esperada lua de mel. Não seria uma viagem longa, o destino seria algum ponto turístico brasileiro, pois queriam acompanhar os acabamentos de seu novo lar e uma viagem para fora do país não permitiria isso.

O destino escolhido fora a serra gaúcha, aproveitariam o inverno para conhecerem Gramado, Canela e as cidades vizinhas. Seria apenas uma semana de puro romantismo e longe do cotidiano corrido que os dois levavam já havia mais de um ano. A construção da casa e os projetos em andamento impediram que a viagem fosse realizada anteriormente, mas tudo estava dentro do esperado. Aproveitariam as férias, mesmo que curtas, para comemorar o primeiro aniversário de casamento, um pouco atrasado, mas com muita empolgação.

Carro preparado, malas prontas já colocadas no porta-malas, Francisco e Jussara partiram em viagem de lua de mel. O casal era só alegria, nem a estrada, nem o frio tirava o bom humor dos dois.

Depois de dez horas de viagem, chegaram ao hotel onde haviam reservado uma suíte. O local era aconchegante, lareira no quarto, uma cama bem confortável, decoração estilo europeu, um banheiro espaçoso com hidromassagem, aquecimento no piso e uma varanda com uma linda vista para um bosque de araucárias que terminava na beira de um belo lago. Paisagem tipicamente europeia em pleno Rio Grande do Sul.

A viagem havia sido cansativa, pois como não tinham pressa, foram parando em várias cidadezinhas, aproveitando todo o momento daquele início de lua de mel. Estavam cansados, mas isso não os impediria de saírem para jantar em um belo restaurante com clima romântico, regado a um bom vinho e um passeio a pé pelas ruas centrais de Gramado que, naquela época do ano, se enfeitava para receber o festival de cinema que se tornara uma tradição no cenário cinematográfico.

Instalaram-se no hotel, tomaram um bom banho quente, se agasalharam e saíram para jantar. Desta vez dispensaram o carro e foram a pé. A noite estava linda, o céu todo estrelado com uma grande lua que iluminava o caminho daquele casal apaixonado. Nem mesmo o frio tirou a beleza daquela noite. As ruas bem iluminadas emolduravam a arquitetura das casas e lojas que compunham aquela cidade. Dez minutos de caminhada e já estavam à porta do restaurante indicado pelo recepcionista do hotel.

O local era pequeno, mas muito aconchegante, a luz ambiente era baixa, evidenciando as velas acessas em cada mesa. Uma grande lareira aquecia todo o ambiente, deixando os clientes do restaurante mais à vontade e sem a necessidade de utilizar muitos casacos. A decoração era em estilo suíço, assim como sua culinária.

Francisco escolheu um bom vinho na carta de vinhos da casa, e logo que a bebida chegou, fizeram os pedidos dos pratos. A noite estava completa, um bom vinho, uma boa refeição e uma noite linda e romântica.

Tudo estava perfeito, belos passeios por cidades tradicionais na cultura do vinho, assim como a vinhedos, boas refeições, paisagens paradisíacas e o amor envolvendo o casal de tal forma que não conseguiam se desgrudar nenhum minuto.

Porém no penúltimo dia da viagem, Jussara acordou indisposta. Uma febre repentina que alternava com momentos de frio e calor. Considerando as temperaturas baixas de um inverno não tão rigoroso, mas que não permitia sair do quarto sem um agasalho, aquilo preocupou Francisco, que ligou para recepção solicitando um médico para examinar sua esposa.

Jussara estava dormindo quando a campainha da suíte tocou. Francisco se levantou da cadeira posicionada ao lado da cama e foi atender.

– Bom dia! Meu nome é Ricardo e vim ver a hóspede que não está passando bem.

– Entre doutor, sou Francisco. Minha esposa amanheceu indisposta e com febre. Preocupei-me, pois ontem ela estava ótima e hoje já não acordou bem.

– Pode me levar até ela para que eu possa examiná-la e descobrirmos o motivo desta febre repentina?

– Claro doutor, pode me acompanhar por favor.

Francisco conduziu o médico até o quarto onde Jussara ainda estava meio sonolenta.

– Meu amor, o doutor Ricardo irá examiná-la, vamos saber o que está acontecendo.

– Bom dia dona Jussara!

– Bom dia doutor!

– O que a senhora está sentindo?

– Estou indisposta, às vezes sinto muito calor, outra hora frio e um pouco de dor na região do abdômen. Disse para Francisco que poderia ser algo que comi, que não precisava se preocupar, mas ele não me escuta.

– Fiquei preocupado com a febre, não gosto de dar colher de chá para o acaso.

– Bem vou examiná-la e ver o que está acontecendo.

O médico mediu a temperatura e a pressão de Jussara, ouviu seus pulmões, apalpou a região dolorida e fez um breve diagnóstico.

– Pelo que observei, posso concluir que sua esposa está com uma indisposição estomacal, que pode ter sido ocasionado por algum alimento ingerido que não lhe fez bem, porém seria interessante que quando voltassem de viagem, procurassem um médico para investigar se esta indisposição é ocasionada por alergia a algum tipo de alimento.

– E isso pode ser grave doutor? – perguntou Francisco preocupado.

– Acredito que não, mas não posso afirmar sem realizarmos alguns exames complementares, mas para isso teria que pedir que fossem ao hospital da cidade. Vou receitar alguns medicamentos que irão ajudar a baixar a febre e diminuir a dor na região do abdômen e quando chegarem a seu destino poderão procurar um médico de sua confiança, assim não perderão tempo no hospital.

– Certo. Assim que o senhor se for eu irei à farmácia comprar os remédios. Aproveito e fecho a conta do hotel.

– Preferia ficar aqui hoje meu amor, não estou me sentindo bem para viajar – pediu Jussara.

– Acho melhor ela descansar hoje, assim os remédios já irão fazendo efeito e amanhã ela já se sentirá melhor e poderão partir.

– Está certo, ficamos hoje aqui e amanhã se você estiver melhor voltamos a Curitiba, se não vamos ao hospital aqui mesmo.

– Bem, já estou indo. Vou deixar com vocês o meu cartão, se precisarem de qualquer coisa podem me ligar.

Francisco agradeceu ao médico e o acompanhou até a porta, porém antes que ele saísse o indagou.

– Doutor, eu tenho que me preocupar?

– Não posso lhe afirmar, mas não acredito ser nada grave. Procurem um médico se estes sintomas voltarem.

– Está certo. Muito obrigado! Quanto é a consulta?

– Não se preocupe, tenho um convênio com o hotel para esse tipo de emergência e meus honorários são pagos por eles.

– Mais uma vez obrigado.

Francisco se despediu do médico e foi até o quarto ver como estava sua esposa.

– Como você está?

– Um pouco indisposta, mas vou ficar bem.

– Vou até a farmácia comprar os remédios e agradecer ao gerente do hotel.

– Por que agradecer ao gerente do hotel?

– Eles disponibilizam um médico para qualquer emergência e isso não tem custo adicional aos hóspedes.

– Que interessante isso.

– Você vai ficar bem?

– Pode ir tranquilo, prometo que nem vou sair desta cama quentinha.

Francisco beijou a testa de sua esposa e já ia saindo, quando se virou e disse.

– Não me demoro. Qualquer coisa liga na recepção.

– Fique tranquilo meu amor, prometo que ficarei aqui lhe esperando.

Francisco deu um sorriso para Jussara e saiu.

No dia seguinte Jussara já se sentia muito melhor e estava recuperada para a viagem. Os dois acordaram cedo, tomaram banho e desceram para o café.

Após um leve desjejum, Francisco perguntou a Jussara.

– Quer dar um passeio antes de fecharmos a conta do hotel ou prefere já pegar a estrada?

– Acho que prefiro voltar para casa.

– Tudo bem, vai subindo e ajeitando as coisas que vou fechar nossa conta e já subo.

Não demorou muito e Francisco já estava no quarto ajudando a fechar as malas e levá-las para o carro. Tudo pronto, partiram de volta a Curitiba.

Durante boa parte da viagem Jussara estava dormindo, a indisposição acompanhada de febre havia debilitado um pouco a esposa de Francisco, que só acordou quando pararam em um restaurante em Vacaria para almoçar.

– Meu amor! Chegamos ao restaurante, vamos comer alguma coisa. – Francisco suavemente acordou Jussara que aos poucos foi despertando.

Jussara ainda se espreguiçando respondeu ao marido.

– Nossa, acho que peguei no sono.

– Não tem problema, é bom você descansar depois do que passou.

– Acho que estava cansada mesmo, até sonhei.

– Sonho bom ou ruim?

– Não sei, acho que um pouco estranho.

– Quer me contar?

– Sonhei com uma moça muito bonita que me abraçava e dizia que estaria comigo, me protegendo, e que eu não me preocupasse.

– E você conhecia a moça?

– Não.

– Bem, foi só um sonho. Vamos almoçar?

– Não sei se estou com fome, mas acompanho você.

– Precisa se alimentar, ainda está se recuperando.

– Você sempre preocupado comigo meu amor. Eu te amo.

– Eu também te amo muito.

Depois das juras de amor, Francisco e Jussara desceram do carro e foram abraçados até o restaurante. Era um casal apaixonante, dava gosto de ver a sintonia e a química que rolava entre os dois.

Após o almoço passearam ainda um pouco pelos jardins do restaurante e logo depois seguiram viagem.

Já eram quase sete horas da noite quando chegaram à casa dos pais de Francisco. Pararam o carro na entrada da garagem e tocaram a campainha. Logo a mãe de Francisco veio atender.

– Que boa surpresa. Como foram de viagem?

– Foi ótimo dona Margarete. Aproveitamos bastante – se antecipou Jussara, evitando que seu marido falasse do acontecido.

– Que ótimo. Chegaram numa hora boa, íamos começar a lanchar. Lancham com a gente?

– Claro mãe, eu estou faminto.

Os três entraram na casa e na primeira oportunidade que Francisco teve perguntou a Jussara:

– Por que não deixou que eu falasse que você não passou bem?

– Acabamos de chegar de viagem, para que preocupar seus pais.

– Você está certa. Mas não pense que esqueci o que o médico falou.

– Eu vou procurar um médico, mas falamos isso quando chegarmos a nossa casa.

Francisco concordou com a cabeça e não tocou no assunto com seus pais durante todo o lanche.

Margarete estava tirando a mesa, quando Francisco falou.

– Nós já vamos, estou um bagaço, a viagem foi bem cansativa e estou doido para dormir na minha cama.

– Tudo bem meu filho, vai descansar – respondeu a mãe de Francisco.

– Vocês vão trabalhar amanhã de manhã? – perguntou o pai de Francisco.

– Vou passar primeiro na obra e depois vou para o escritório. Jussara amanhã vai ficar em casa, precisa colocar as coisas em ordem.

– Quero passar lá para conversarmos um pouco.

– Está certo pai – disse Francisco se despedindo.

Os primeiros sintomas

No dia seguinte, antes de ir para o escritório, Francisco foi ver como estava indo a obra de sua casa.

– Bom dia Josué!
– Bom dia patrão!
– Como estão as coisas por aqui?
– Está tudo caminhando dentro do cronograma que o senhor fez.
– Isso quer dizer que daqui a dois meses já posso me mudar para cá?
– Se não houver nenhum imprevisto e a chuva permitir que a gente pinte, acredito que sim.
– Ótima notícia. E o pessoal, todos estão vindo trabalhar certinho?
– Todo mundo patrão. Estão todos empolgados com o extra que o senhor prometeu se cumprirem o prazo da entrega da obra.
– Isso é muito bom. Está faltando algum material?

Josué passou a Francisco uma lista de materiais que precisavam ser providenciados.

– Vou passar na loja de matérias de construção e pedir que entreguem isso ainda hoje. Não quero que deem a desculpa de falta de material para não acabarem no prazo.

– Tá certo patrão.
– Bem já vou indo, qualquer coisa me ligue.

38 | *Vida que Segue*

Francisco se despediu do mestre de obras e foi para o escritório. Sua secretária já havia lhe informado que seu pai o esperava.

Estava curioso em saber o que seu pai queria, mas antes parou diante da mesa de sua secretária, precisava saber como as coisas se ajeitaram durante sua ausência.

– Bom dia Marisa!

– Bom dia seu Francisco! A dona Jussara não veio com o senhor?

– Ela vai tirar o dia de folga, voltamos ontem de viagem e ela queria colocar algumas coisas em ordem. Como andaram as coisas por aqui na nossa ausência?

– Tudo tranquilo, apenas o Dr. Roberto que ligou na sexta feira, ele queria saber quando entregará o projeto da sua casa de praia.

– Ligue para ele, diga que até o final da semana levo o projeto concluído.

– Informarei a ele.

– Segure todas as ligações até eu terminar de conversar com o meu pai. Anote os recados e diga que retorno mais tarde.

– Está certo seu Francisco. Quer pegar suas correspondências agora?

– Pode me entregar que depois vejo uma por uma. Outra coisa, peça para dona Jandira levar água e café para minha sala.

– Já vou pedir.

– Obrigado!

Francisco abriu a porta de seu escritório e seu pai estava imóvel olhando a cidade através da grande janela que havia em sua sala.

– Oi pai!

– Oi filho! Esta cidade está cada vez maior, daqui a pouco não tem mais para aonde crescer.

– Acho que agora só cresce para o alto.

– É verdade.

– Mas o senhor não veio aqui falar do crescimento da cidade não é? O que está acontecendo?

– Nada demais filho, eu vim apenas fazer uma visita. Fazia tempo que não conversávamos a sós.

– É verdade pai, mas sinto que algo lhe incomoda. Você vai ficar me enrolando ou vai direto ao assunto?

– Você me conhecesse bem, né filho. Não consigo esconder nada de você.

– Sempre fomos muito ligados e às vezes acho que o conheço melhor que a mim mesmo. É alguma coisa com o seu trabalho?

– É. Estão fazendo uma limpa na empresa e estão dispensando as pessoas mais velhas e estou com medo de estar nesta lista.

– Por que não pede sua aposentadoria? Já trabalhou demais, tem uma vida estável. Por que não aproveita para curtir a vida com a mamãe?

– Não sei se estou preparado para ficar em casa o dia todo, você sabe como é sua mãe com aquela mania de limpeza, faz faxina todos os dias em casa.

– Mas o senhor não precisa ficar em casa o dia todo, vá ao clube, faça algum esporte, aproveite a vida. E leve a mamãe com o senhor, assim ela descansa também e aproveita melhor a vida.

– E você acha que sua mãe vai descansar achando que a casa não está como ela quer?

– Pai. Vocês têm empregadas que trabalham lá há bastante tempo, já sabem como a mamãe gosta de tudo, basta apenas começarem a mudar seus hábitos. O senhor conversou com a mamãe sobre isso?

– Ainda não, você é a primeira pessoa que estou falando. Além do mais ainda é apenas uma suspeita.

– Pai, não espere as coisas acontecerem, faça o que estou falando, aproveitem a vida enquanto ainda são jovens e não perderam a vitalidade.

– Vou pensar no que me falou meu filho.

Francisco e Carlos conversaram por um bom tempo durante quase toda a manhã.

– Bem filho, eu preciso ir agora. Vou passar na empresa e depois irei almoçar em casa.

– Pai, antes que vá, queria lhe falar uma coisa.

– O que houve filho?

– Durante nossa viagem a Jussara passou mal. Uma febre repentina, indisposição e dores no abdômen.

– Vocês foram ver um médico lá em Gramado?

– O hotel que estávamos tinha convênio com um médico e ele foi examinar a Jussara.

– O que ele disse?

– Que aparentemente não era nada sério, mas que seria bom fazer alguns exames para ter certeza de que tudo estava bem.

– Menos mal. Ela vai marcar os exames quando?

– Não conversamos ainda sobre isso. Estávamos cansados ontem e achei melhor não pressioná-la.

– Fez bem filho, mas não deixe passar muito tempo.

– Não vou deixar.

– Bem, eu já vou indo.

– Obrigado pela visita e pense no que conversamos.

– Vou pensar e conversar com sua mãe, vamos ver se ela se engaja neste novo projeto de vida.

– Faça isso pai.

Os dois se despediram e Carlos deixou o escritório do filho quase na hora do almoço.

Francisco acompanhou o pai até a porta de saída e aproveitou para falar com Marisa.

– Alguma ligação?

– Duas. Seu Josué ligou para dizer que o material já chegou e o contador pediu para o senhor passar no escritório dele à tarde.

– Tudo bem. Eu vou almoçar e depois passo lá para conversar com ele.

– Não se esqueça de que o senhor tem uma reunião às quatro horas com os fornecedores da obra do doutor Roberto.

– Pode deixar estarei de volta antes disso. Ligou para o Dr. Roberto?

– Já falei com ele e vai lhe aguardar esta semana.

– Obrigado Marisa.

Francisco foi até sua sala, pegou sua carteira e a chave do carro e saiu para almoçar. Combinara de almoçar com Jussara, já que ela havia tirado o dia de folga.

Chegando a sua casa, colocou o carro na garagem, entrou e cumprimentou sua esposa com um beijo em seus lábios.

– Oi meu amor!

– Oi! Como foi no escritório?

– Tudo tranquilo, parece que nossos clientes nos deram folga durante nossa viagem. Só o Dr. Roberto que cobrou o projeto de sua casa de praia.

– E quando você vai mandar o projeto para ele?

– Fiquei de levar esta semana. E você como está?

– Estou bem. Só um calor esquisito que sinto de vez em quando e uma leve dor na axila esquerda, parece que está nascendo uma espinha.

– E quando você vai procurar um médico? Não pense que esqueci do susto que levei em Gramado.

– Relaxe meu amor, eu vou marcar uma consulta.

– Por que não vai comigo entregar o projeto do Dr. Roberto e já aproveitamos para fazer uma consulta? Ele atende pelo nosso plano de saúde. Assim já resolvemos duas coisas ao mesmo tempo.

– Vou pensar nisso. Você sabe que não gosto de ir a médicos sem estar doente.

– Mas você passou mal, precisamos investigar se está tudo bem com você.

– Estou bem, fique tranquilo. E como vai a obra da casa?

– Conversei com Josué hoje de manhã e ele disse que vão cumprir o prazo do cronograma. Os pedreiros estão empolgados com o extra que ofereci se concluíssem a obra dentro do prazo estipulado.

– Que ótimo. Isso quer dizer que em dois meses nos mudamos para nossa casa?

– Se tudo correr bem e o tempo não atrapalhar, sim.

Jussara não se conteve de alegria e abraçou Francisco dando-lhe beijos por todo o rosto.

– Calma assim você vai me derrubar.

– Estou muito feliz, depois de um ano estarei indo para minha casa.

– Vamos esperar para comemorar quando estivermos lá, assim evitamos stress e frustrações.

– Não consigo fazer isso, você sabe o quanto espero por este dia. Morar numa casa que projetamos juntos, do nosso jeitinho. Isso é bom demais.

Os dois riram largados por algum tempo, diante do comentário de Jussara.

Os primeiros sintomas | 43

– Bem o papo está bom, mas eu preciso almoçar, tenho uma reunião hoje à tarde com os fornecedores do projeto do Dr. Roberto para poder concluir o orçamento.

– Venha meu amor, o almoço está pronto, vai se sentando que já coloco a comida na mesa.

O almoço servido, Francisco tratou de elogiar a esposa.

– Meu amor você a cada dia me surpreende. A comida está maravilhosa.

Jussara sorriu e acariciou o rosto de Francisco

A harmonia da casa era constante, aquele casamento parecia um conto de fadas e nada poderia estragar o amor que um sentia pelo outro.

– Que bom que você gostou.

Enquanto almoçavam, Francisco contava para Jussara da visita de seu pai, mas não tirava os olhos do relógio.

– Está tudo uma maravilha, é ótimo ficar aqui, mas preciso voltar ao escritório, já o deixamos abandonado demais. E ainda tenho que me preparar para uma reunião agora de tarde com fornecedores.

– Fica mais um pouco.

– Não posso, mas assim que terminar o que tenho que fazer prometo que volto o mais rápido possível.

– Vou ficar esperando com uma jantinha bem gostosa para nós dois.

– Assim vou ter que me matricular em uma academia, senão vou ficar parecendo uma rolha de poço.

Mais uma vez os dois se entregaram aos risos, deixando aquela casa mais alegre ainda.

A descoberta da doença

Eram nove horas da manhã quando Francisco entrou no consultório do Dr. Roberto com uma pasta cheia de projetos e orçamentos.

O médico era um dos melhores oncologistas do Brasil, conseguira destaque na área médica, após ter sucesso em tratamentos alternativos de câncer. Roberto era um senhor de aproximadamente sessenta anos, simpático, pele morena, cabelos completamente grisalhos e um vasto bigode que se destacava em seu rosto redondo.

– Bom dia doutor!

– Bom dia meu arquiteto favorito! Trouxe meu projeto?

– Claro doutor, promessa é dívida.

– Que ótimo, minha esposa pergunta todo dia quando começaremos a construção da casa na praia. Ela colocou agora na cabeça que quer morar lá depois de minha aposentadoria.

– Sua mulher é sábia doutor. Quem dera eu pudesse trocar esse corre-corre da cidade grande por dias tranquilos à beira mar. Mas um dia eu chego lá.

Os dois riram enquanto Francisco abria os projetos e os orçamentos referentes à obra. Conversaram por mais de duas horas definindo detalhes e fazendo os ajustes que o Dr. Roberto solicitava. Tudo decidido e aprovado, Francisco recolheu toda aquela papelada, sentou-se na frente do médico e falou:

– Doutor preciso conversar outro assunto com o senhor.

46 | *Vida que Segue*

– Em que posso lhe ajudar?

– É o seguinte doutor, há quase um mês, eu e Jussara fizemos uma viagem para a serra gaúcha e no penúltimo dia da viagem ela acordou com febre, indisposição e uma forte dor no abdômen. Chamamos um médico e ele nos informou que aparentemente não era nada grave, mas pediu que Jussara procurasse um médico quando retornássemos, e que realizasse exames mais conclusivos. Porém ela está me enrolando e não marca a consulta. Outro dia ela reclamou de uma dor leve na axila esquerda, mas me disse que poderia ser uma espinha, para que eu não me preocupasse. Mas o senhor já me conhece há algum tempo e sabe que não consigo não me preocupar. O que o senhor me diz?

– Veja Francisco, não sou clínico. O certo seria levá-la a um clínico para avaliar o estado dela, mas como somos amigos, vou abrir exceção a você. Mas não posso dar nenhum diagnóstico sem antes examiná-la. Marque com minha secretária e traga sua esposa aqui, assim poderei dar um diagnóstico mais preciso.

– Mas pode ser algo grave?

– Pode ser várias coisas Francisco, como disse, não posso diagnosticar sem examinar, pois posso falar algo que o tranquilize e no fim ser uma coisa séria, como também posso falar algo que possa vir a preocupar e não passar apenas de uma indisposição estomacal ou uma virose.

– Tudo bem doutor, vou marcar com sua secretária e trago ela para o senhor examinar.

– Está certo.

– Obrigado doutor e desculpe tomar o seu tempo.

– Não por isso Francisco.

– Bem, preciso ir, tenho muito que fazer para começarmos logo as obras.

– E eu preciso trabalhar para ganhar dinheiro e lhe pagar pelos seus serviços.

Os dois se despediram, Francisco saiu do consultório e foi direto marcar a consulta de Jussara, não queria deixar para depois.

– Olá Carmen!

– Oi seu Francisco! Em que posso ajudar?

– Queria marcar uma consulta para minha esposa com o Dr. Roberto.

– É particular ou pelo plano de saúde?

– Pelo plano de saúde.

– Eu tenho para o começo do mês, daqui a duas semanas. Pode ser?

– Pode sim.

Francisco pensou com ele mesmo: *"Assim tenho tempo para dar a notícia com calma a Jussara".*

– Às quinze horas está bom para o senhor?

– Sim, ótimo Carmem.

– Está marcado, seu Francisco.

– Obrigado.

Francisco deixou o consultório e foi direto para seu escritório, precisava organizar tudo e começar logo a obra.

Os dias se passaram e Francisco e Jussara se ocupavam com o projeto da casa de praia do Dr. Roberto. Alternavam idas ao litoral para supervisionar e indicar qualquer modificação que deveria ser feita no decorrer da obra.

Francisco não conseguira convencer Jussara a ir com ele à consulta que marcara com Dr. Roberto, alegando não estar se sentindo doente e por isso não precisava ir a médico algum. Porém a dor leve que sentia na axila esquerda começou a sentir também na axila direita e a intensidade da dor aumentava com o decorrer dos dias, mas Jussara nada falava para o marido, não queria que ele se preocupasse. Até que um dia Jussara acordou ardendo em febre e as dores no abdômen e nas axilas se intensificaram. Francisco se desesperou com o estado da esposa e sem comunicar a ela ligou para o médico.

– Doutor Roberto, é Francisco, desculpa estar lhe ligando a esta hora, mas Jussara não está bem e estou preocupado com ela. Queria ver se o senhor poderia atendê-la.

Francisco se mostrava muito preocupado e impaciente ao telefone.

– Bom dia Francisco! Fique tranquilo vou atendê-la, me encontre no meu consultório em quarenta minutos.

Francisco avisou a Jussara, ajudou-a a se vestir e foram para o consultório. No caminho ligou para seu escritório e pediu que Marisa desmarcasse todos os seus compromissos daquele dia.

– Mas seu Francisco, o senhor tem uma reunião hoje à tarde com um cliente novo.

– Ligue para ele e diga que tive uma emergência médica e não vou poder comparecer, e que assim que possível eu entro em contato.

– Aconteceu alguma coisa?

– Jussara não está muito bem e estamos indo ao médico, depois nos falamos.

Francisco nem esperou a secretária se despedir e desligou o telefone, estava muito apreensivo com o estado da esposa para prolongar o assunto.

No horário marcado, Francisco e Jussara estavam dentro da clínica do Dr. Roberto diante da secretária.

– O doutor já está aguardando vocês. Podem entrar.

Francisco estava pálido quando abriu a porta do consultório com sua esposa ao seu lado.

– Bom dia! – falou o médico.

– Bom dia doutor! – respondeu Francisco

– Coloque Jussara na maca que vou examiná-la.

– Certo doutor.

– O que está sentindo Jussara.

– Dor na altura do abdômen e uma dor estranha embaixo das axilas.

– Vamos ver.

O médico a examinou por alguns minutos e depois ajudou Jussara descer da maca e convidou os dois a se sentarem. Francisco não se aguentava de tanta preocupação.

– O que ela tem doutor?

– Calma Francisco, senão terei de cuidar dos dois – brincou o médico.

– Desculpe, mas estou muito preocupado.

– Bem! Vou ter que solicitar alguns exames para ter certeza. Jussara está com uma inflamação nos gânglios linfáticos que ficam nas axilas e aparenta um volume maior que o normal no baço. A febre é ocasionada por esta inflamação.

– Isso é grave doutor?

– Não tenho como responder antes dos exames prontos. Vou preparar uma guia de coletas de exames que vocês devem providenciar o quantos antes.

– Para quando o senhor quer estes exames? – Francisco conversava com o médico amparando Jussara em seu ombro e acariciando seu rosto. Jussara estava bem abatida.

– Como esses exames necessitam de um jejum de doze horas, ela só poderá fazer a coleta amanhã de manhã, mas vou ligar para o laboratório e pedir urgência nos resultados, assim que estiver com eles em mãos, ligo para vocês. Vou receitar um remédio que irá cortar a febre e aliviar as dores, mas não deixem de fazer o exame amanhã, precisamos investigar o que está acontecendo.

– Viu meu amor, agora você não vai mais me enrolar, mesmo que acorde bem amanhã, vai fazer os exames.

Jussara não estava em condições de retrucar nada, apenas ouvia calada e concordava com a cabeça.

– Quero que ela fique de repouso e se possível fique com ela em casa.

– Certo doutor. Já desmarquei todos os meus compromissos de hoje para cuidar dessa teimosa.

– Qualquer coisa diferente me ligue, quero saber como esta moça vai se comportar.

– Pode deixar doutor. Muito obrigado pela atenção e me desculpe o nervosismo, mas esta mulher é a pessoa mais importante da minha vida.

Francisco se despediu do médico e ajudou a sua esposa a chegar ao carro, de lá passaram em uma farmácia, compraram os medicamentos receitados e um copo de água para que Jussara tomasse os remédios imediatamente.

Já em casa, acomodou a esposa na cama de maneira que ficasse bem confortável e perguntou:

– Como você está se sentindo meu amor?

– Estou melhor, a dor está passando e a febre já diminuiu.

– Você não devia ter deixado de lado aquela primeira consulta com o Dr. Roberto.

Jussara colocando seu dedo indicador nos lábios de Francisco em sinal de silêncio, falou.

– Se acalme, já estou me sentindo melhor. Amanhã vamos fazer os exames e ver o que está acontecendo. Preciso de você calmo para cuidar de mim.

– Desculpe, mas fiquei muito preocupado. Prometo que vou me controlar.

Jussara sorriu, se aconchegou no meio dos cobertores e disse.

– Preciso descansar um pouco, estou exausta.

– Durma meu amor, vou preparar algo para você comer quando acordar. Vou aproveitar e fazer algumas ligações. Qualquer coisa me chame.

– Está bem! Te amo muito – Jussara sussurrou no ouvido do marido.

– Também te amo muito meu amor!

Francisco fechou as cortinas do quarto para deixar o ambiente mais aconchegante e foi até a cozinha. Ele ainda estava muito preocupado e apreensivo com o que iria mostrar os exames, tentava de todas as maneiras afastar pensamentos ruins de sua cabeça, mas não conseguia ter sucesso.

Enquanto preparava um almoço leve, ligou para o escritório.

– Oi Marisa?

– Oi seu Francisco! Como está dona Jussara?

– Melhor agora, já foi medicada e está descansando.

– Que bom.

– Não vou trabalhar no escritório nem hoje e nem amanhã, vou ficar em casa cuidando de Jussara.

– Fique tranquilo seu Francisco, eu me viro aqui e vou lhe mantendo informado se acontecer algo de diferente.

– Obrigado. Preciso do telefone do cliente com quem eu tinha uma reunião hoje, passe por mensagem, por favor, vou ligar para ele.

– Já estou lhe enviando.

O celular de Francisco logo vibrou, informando que a mensagem chegara.

– Já recebi. Nos falamos depois. – Francisco se despediu de Marisa e desligou o telefone.

Jussara passou boa parte do dia na cama, Francisco ficou ao seu lado todo tempo, mimando a esposa que ainda não estava totalmente recuperada.

52 | *Vida que Segue*

Quando o sol raiou no dia seguinte, Francisco já estava de pé. Preparou um café forte para despertar e foi acordar Jussara.

– Meu amor! Você precisa levantar, nós temos que ir ao laboratório fazer as coletas para os exames.

Jussara ainda lutava contra o sono e se esforçava para abrir os olhos.

– Deixa eu dormir mais um pouquinho, estou com sono ainda.

– Não dá meu amor, precisamos ir.

Com muito custo Francisco conseguiu fazer com que sua esposa se levantasse e fosse tomar um banho para despertar. Arrumaram-se e foram ao laboratório.

Depois de alguns minutos, Francisco recebeu a esposa que vinha da sala de coletas do laboratório e perguntou:

– Você está se sentindo bem?

– Sim meu amor.

– Agora é só esperarmos os exames ficarem prontos e aguardar a ligação do Dr. Roberto para sabermos o que está acontecendo com você.

Jussara concordou com a cabeça.

– Acha que pode passar no escritório antes de ir para casa? Preciso resolver umas pendências da obra do Dr. Roberto.

– Podemos sim, aproveito e coloco minhas coisas em dia. Se quiser podemos até trabalhar hoje o dia inteiro, estou bem.

– Negativo. Lembre-se do que o médico falou. A senhora está de repouso, enquanto não sabermos o que você tem, não vai ficar se desgastando. Se precisar eu depois volto à tarde ao escritório.

– E eu vou ficar sozinha em casa?

– Se precisar peço que minha mãe venha fazer companhia a você.

Os pais de Jussara não moravam na cidade e a única família que ela tinha em Curitiba era seu marido e seus sogros.

– Está bem – respondeu meio contrariada.

– Quando chegarmos em casa vamos ligar para seus pais e contar o que está acontecendo.

– Espere o resultado dos exames ficarem prontos, não vamos preocupá-los sem ter a certeza de que é algo sério – respondeu Jussara tentando adiar a ligação para seus pais.

– Acho melhor ligarmos já. Sei que eles estavam planejando vir nos visitar este final de semana, assim eles antecipam a viagem e ficam com você. E não vão nos culpar de omitirmos a eles o que está acontecimento.

–Tudo bem.

Os pais de Jussara moravam no interior. O pai era agropecuário e passava mais tempo na fazenda cuidando do gado do que no apartamento que tinham em Curitiba.

O dia foi longo a espera de uma ligação do médico que não aconteceu.

Já eram nove horas da noite quando Jussara perguntou ao marido.

– Alguma notícia dos exames.

– Ainda não meu amor. Mas relaxe que assim que o Dr. Roberto receber os exames, ele ligará para nós.

Francisco passou quase a noite toda acordado, não conseguia achar posição na cama e nem parar de pensar no que estaria acontecendo com sua esposa. Só conseguiu adormecer quando já eram quatro horas da manhã.

Francisco despertou com o toque estridente do telefone, às nove horas da manhã, era o Dr. Roberto.

– Alô! – atendeu Francisco meio sonolento ainda.

– Francisco. Bom dia, quem está falando é o Dr. Roberto.

– Bom dia doutor. Chegaram os exames?

54 | *Vida que Segue*

– Chegaram. Preciso que você e Jussara venham ao meu consultório. Qual o melhor horário para vocês?

– Pode ser agora de manhã. É só o tempo de tomarmos um banho e já vamos.

– Fico aguardando vocês. Até logo.

O médico não deu chance de Francisco perguntar dos exames e desligou. O assunto era sério para se conversar por telefone.

Passado uma hora, Francisco e Jussara já estavam sentados diante do médico que segurava os exames em suas mãos.

– E aí doutor, o que dizem os exames?

– Bem, os primeiros exames mostram que Jussara está com uma inflamação séria nos gânglios linfáticos e um aumento no volume do baço.

– O caso é sério?

O médico tentava achar as melhores palavras para dar a notícia ao casal, mas não as encontrava.

– Veja Francisco, a Jussara apresenta um quadro de linfoma, porém teremos que fazer exames mais complexos para confirmar o que estou falando.

Francisco e Jussara ouviam atentamente o que o médico falava sem o interromper, até que o médico fez uma pausa e Francisco aproveitou para solicitar uma resposta mais direta.

– Linfoma por acaso é um nome mais bonito para câncer?

– Sim. Mas como já disse, só poderei confirmar isso após esses exames que estou pedindo.

Jussara diante da dúvida, não se conteve e deixou rolar pelo seu rosto grossas lágrimas. Francisco por sua vez tentava disfarçar e consolar a esposa.

– Calma meu amor. É só uma suspeita. Não ouviu o doutor falar que precisa de mais exames para confirmar se realmente é câncer?

Jussara não conseguia se controlar, nem responder ao marido que se emocionou com a situação e também não conteve as lágrimas. Diante daquela cena triste, Dr. Roberto tentou acalmar o casal.

– Se acalmem. Ainda não temos certeza de nada, são apenas suspeitas. Precisamos dos exames complementares para termos o diagnóstico correto. E mesmo se for câncer, nós entraremos com o tratamento adequado e vamos lutar juntos contra a doença, mas para isso preciso da ajuda de vocês. Preciso que sejam fortes, não podem se abater e deixar a doença vencer esta luta.

– Estou com medo. Não quero morrer – falou Jussara.

– Mas quem falou em morte? Ainda é apenas uma suspeita e mesmo que esteja doente, vamos fazer todos os tratamentos para curar a doença. Não fique assim que isso não ajuda em nada.

– Está bem, eu vou tentar me controlar.

Os dois se despediram do médico e voltaram para casa. Seguiram todo o caminho de volta sem falarem uma palavra, ainda estavam atônitos com o que ouviram no consultório.

Francisco ligou para mãe para pedir que ficasse com Jussara aquela tarde, precisaria resolver alguns problemas no escritório.

– Oi mãe!

– Oi filho!

– Tudo bem por aí?

– Tudo sim e com vocês? – perguntou a mãe desconfiada com o tom de voz do filho.

– Tudo bem também. Preciso de um favor.

– Qual?

– A senhora poderia ficar com a Jussara aqui em casa hoje à tarde?

56 | *Vida que Segue*

– Aconteceu alguma coisa?

– Ela está adoentada e o médico pediu repouso, e sei que se ficar sozinha ela não vai parar quieta.

– Mas o que ela tem?

– Quando chegar aqui eu lhe conto tudo.

– Está certo. Só vou me arrumar e pedir para seu pai me deixar aí.

– Obrigado mãe. Não vou demorar, só preciso resolver algumas coisas no escritório e volto logo.

– Não se preocupe meu filho.

Francisco se despediu e passou o aparelho telefônico para Jussara.

– Agora é sua vez.

– Mas meu amor, não acha melhor aguardarmos o resultado dos exames?

– Se não ligarmos para eles, vão nos culpar de ter omitido este problema, mesmo que seja apenas uma suspeita.

– Está bem. Vou falar com minha mãe. – Jussara pegou o telefone, ficou alguns instantes olhando o aparelho, como se tomando coragem de ligar para os pais. Respirou fundo e ligou.

– Oi mãe!

– Oi minha filha. Tudo bem?

– Tudo mãe. E por aí?

– Tudo bem também.

– E papai? Está bem também?

– Sim, minha querida, estamos todos bem.

– Que bom. Mãe, eu preciso lhe pedir uma coisa.

– Diga minha filha.

– Queria saber se a senhora e o papai não querem antecipar a vinda de vocês para cá.

– Aconteceu alguma coisa?

A descoberta da doença | 57

– Então mãe. Eu estou um pouco doente e queria vocês por perto.

– Mas o que está acontecendo?

– Não temos ainda certeza de nada.

– Mas certeza de quê?

– Estou com suspeita de câncer mamãe.

O silêncio se fez do outro lado da linha. Jussara ouviu um choro abafado, como se a mãe tapasse o fone para que a filha não escutasse que não conseguiu controlar o choro.

Com a voz ainda embargada, Jussara perguntou.

– Mãe a senhora está bem? Ainda está aí?

– Sim minha filha. Vamos ainda hoje para Curitiba.

– Mãe, não precisa se desesperar, é apenas uma suspeita, eu ainda vou fazer alguns exames.

– Mas quero estar aí perto de você para lhe dar força minha filha.

– Está certo mãe, mas não precisa vir correndo.

– Vou falar com seu pai assim que ele chegar e hoje mesmo pegamos a estrada.

– Obrigada mãe. E não se desespere e nem deixe o papai preocupado. É só uma suspeita.

– Pode deixar filha, vou dar um jeito de conversar com seu pai sem deixá-lo preocupado.

– Obrigada mamãe.

Jussara desligou o telefone e caiu em pranto, Francisco abraçou a esposa e tentou dar forças para que ela se acalmasse.

– Calma meu amor. Ainda não temos a certeza de nada, precisamos ser fortes neste momento e evitar que você piore. E se realmente for confirmado, lutaremos juntos e venceremos esta batalha.

Jussara se aninhou nos braços de Francisco e foi se acalmando aos poucos.

58 | *Vida que Segue*

Já era meio-dia quando Margarete e Carlos chegaram à casa de Francisco e Jussara.

– Oi mãe! Oi pai!

– Oi filho! – responderam os dois.

Margarete não esperou que o filho lhe contasse nada e já foi logo perguntando.

– O que a Jussara tem?

– É o seguinte. A Jussara passou mal em nossa viagem de lua de mel e um médico a examinou...

Francisco contou tudo à mãe e ao pai, que à medida que ouviam os detalhes ficavam com o semblante preocupado.

– E como ela está?

– Agora está deitada e um pouco mais calma.

– Ela avisou os pais dela? – perguntou Carlos.

– Ligou sim pai. Chorou um pouco mais acho que agora vai descansar.

– Isso é terrível meu filho. E como você está?

– Estou apreensivo com os exames, mas não posso fraquejar, preciso dar forças à minha mulher se realmente ela estiver com câncer.

– Conte com a gente meu filho – falou Margarete.

– Obrigado mãe.

– E os pais dela o que disseram? – quis saber Carlos.

– Eles estão vindo para cá hoje pai. Mãe, eu vou me despedir da Jussara e vou para o escritório, qualquer coisa a senhora me liga.

– Pode deixar.

– Vou aproveitar e saio com você, preciso ir para empresa – falou o pai de Francisco.

Francisco foi até o quarto se despedir da esposa e saiu com o pai. Antes de se despedirem Carlos perguntou.

A descoberta da doença | 59

– Meu filho, o que você acha de tudo isso?

– Estou muito preocupado pai. Se não fosse nada sério o Dr. Roberto não tinha ventilado essa possibilidade.

– Quando ela vai fazer os exames?

– Era para ser depois de amanhã, mas ele conseguiu antecipar, achou melhor ter logo em mãos o resultado, assim a gente não sofre por nada ou se prepara logo para o pior.

– Fique tranquilo meu filho, vai dar tudo certo.

– Assim espero pai. O senhor vai para empresa?

– Vou, tenho uma reunião hoje à tarde.

– E falou com a mamãe sobre o que conversamos?

– Ainda não filho, mas isso não é tão relevante agora.

– Como não, é a vida de vocês.

– Eu vou conversar com ela, mas acho que depois dessa notícia vou esperar um pouco, sua mãe ficou abalada.

– Está certo. Preciso ir pai.

Francisco se despediu do pai, pegou seu carro e foi para o escritório. Queria resolver logo tudo e ficar ao lado de sua esposa.

Durante todo o percurso até o escritório, ele não conseguia tirar da cabeça a possibilidade da mulher que tanto amava estar com câncer e as dúvidas começaram a surgir. Começou a pensar alto no carro. – *"E se realmente ela estiver com câncer? E se o câncer não tiver cura? O que vou fazer. Calma Francisco, você tem que ser forte, precisa apoiar sua esposa. Vai dar tudo certo"*.

Francisco parecia fora de si conversando sozinho dentro de seu carro.

No final do dia ele já estava de volta e foi logo querendo saber de tudo.

– Oi mãe! Como ela está? Ela deu muito trabalho?

60 | *Vida que Segue*

Francisco estava preocupado com o estado da esposa.

– Oi filho! Calma. Ela está bem, almoçou direitinho e agora descansa vendo televisão.

– Que bom mãe. Muito obrigado.

– Não precisa agradecer meu filho.

– Alguma notícia dos pais da Jussara?

– Já saíram de lá e chegam hoje à noite aqui. Eles vêm direto para cá.

– Que bom assim acho que ela se sentirá mais confiante com os pais por perto. Vou avisá-la que já cheguei.

Francisco foi até seu quarto onde Jussara estava deitada assistindo televisão.

– Oi meu amor! – cumprimentou-a com um beijo na testa.

– Oi! Você demorou.

– Mas agora estou aqui e sou todo seu.

Jussara beijou o marido e se aconchegou em seus braços.

– Amanhã ficarei com você o dia inteiro.

– Que bom. Mas e a obra do Dr. Roberto?

– Já deixei tudo acertado, depois eu vejo como faremos.

– Minha mãe me ligou e disse que chega hoje à noite.

– Eu fiquei sabendo, que bom não é?

Eram quase nove horas da noite quando os sogros de Francisco chegaram de viagem. Jussara os recebeu com um abraço bem apertado, como se fosse o último que daria neles.

– Como você está minha filha? – perguntou a mãe de Jussara.

– Estou bem mãe, o Francisco me acalmou depois que falei com a senhora.

– Que bom.

– Vocês vão dormir hoje aqui né?

– Não sei filha, seu pai está querendo ir para nosso apartamento, ele se cansou muito com a viagem.

A descoberta da doença | 61

– Fiquem aqui, por favor.

– Tudo bem filha, vou falar com seu pai, fique tranquila, amanhã iremos ao nosso apartamento para ver como está tudo por lá.

Enquanto Jussara conversava com sua mãe, Francisco foi ajudar o sogro com as malas, ele havia ido até o carro buscar a bolsa de sua esposa.

– Boa noite seu Antônio.

– Boa noite Francisco.

– Como foram de viagem?

– Tudo tranquilo fora o cansaço.

– Vim lhe ajudar com as malas.

– Mas nós vamos para o nosso apartamento.

– Acho que não seu Antônio. Jussara está pedindo para ficarem hoje aqui. Assim podemos conversar um pouco e distraí-la.

– E como ela está? É grave?

– Ainda não sabemos. Os exames de amanhã que vão nos dar mais informações e nos dizer se é ou não câncer.

– Quando Tereza me falou fiquei muito preocupado.

– Vocês já tiveram algum caso de câncer na família?

– Que eu sabia não.

– Que bom. Mais um motivo para termos esperança que não seja nada.

– E existe esta possibilidade?

– Não sei. Eu queria muito acreditar que isso tudo fosse um pesadelo, mas não estou tão confiante.

– Isso me assusta muito.

– Mas temos de ter fé e não podemos fraquejar diante dela. Jussara vai precisar muito do nosso apoio.

– Eu sei. Então me ajude com as malas, ficaremos essa noite com vocês.

62 | *Vida que Segue*

– Fico feliz que fiquem.

Francisco e Antonio entraram com as malas, fazendo Jussara feliz.

– Que bom paizinho que resolveram ficar com a gente esta noite, estava com muitas saudades.

– E você como está minha princesa?

– Estou melhor, mas muito apreensiva com os exames de amanhã.

– Fique tranquila que vai dar tudo certo.

– Que assim seja pai.

Depois de acomodarem os pais de Jussara no quarto de hóspede, os quatro foram fazer um café e colocar o papo em dia. Naquela noite não se falou mais sobre exames e nem doenças naquela casa.

No dia seguinte acordaram cedo, tomaram café e acompanharam Jussara à clínica para que ela realizasse todos os exames solicitados.

– Quando ficam prontos os exames? – perguntou Francisco à recepcionista.

– O Dr. Roberto nos solicitou urgência, acredito que hoje no final do dia, no mais tardar amanhã de manhã já estará no e-mail dele.

– Obrigado!

O dia seria longo e a espera por uma ligação do médico seria estressante. Os pais de Jussara foram para o apartamento que tinham em Curitiba. Porém antes de sair Jussara pediu para que voltassem à noite e jantassem com eles e com os pais de Francisco.

Naquela noite não tiveram nenhuma notícia do Dr. Roberto, e Francisco se mostrava impaciente com a falta de informações.

– Relaxa meu amor, a moça disse que se não enviassem hoje no final do dia para o Dr. Roberto, amanhã de manhã estaria nas mãos dele.

– Eu sei, mas estou ansioso para saber os resultados.

– Eu também, mas não estou com pressa. Não quero sofrer.

– E por que diz que não quer sofrer? O exame não vai acusar nada, você vai ver.

– Você sabe que não é isso que vai acontecer, a gente sabe que a possibilidade de ser câncer é grande, se não ele não me mandaria fazer os exames.

– Eu sei disso, mas tento me fortalecer tendo um pouco de esperança.

– Fique tranquilo meu amor, eu sei que vamos conseguir sair desta.

Jussara neste momento se mostrava mais forte que Francisco.

Os pais dos dois já haviam ido embora, eles já se preparavam para dormir.

– Venha se deitar, amanhã será um novo dia – falou Jussara.

– Já vou. Vou verificar se a casa está toda fechada. – Francisco aproveitou aquela desculpa para poder se entregar a um choro solitário, precisava manter-se forte diante de sua esposa e da família, mas não era de ferro, nem ao menos um super-herói que resistia a tudo sem se abalar. Andou pela casa por alguns instantes, enxugou as lágrimas, bebeu um copo d'água e foi para o quarto. Jussara já estava deitada, a luz apagada e com a televisão ligada.

– Está sem sono?

– Estou só um pouquinho, mas queria assistir um pouco de TV até pegar no sono.

– Está bem eu faço companhia pra você, e se pegar no sono eu desligo a TV.

Os dois se acomodaram abraçados na cama e assim eles ficaram até Jussara dormir. Francisco acomodou a esposa no travesseiro, desligou a TV, mas custou a pegar no sono.

Aqueles momentos que antecederiam o resultado do exame seriam longos, a ansiedade tomava conta de toda a família que estava apreensiva para descartar aquela possibilidade de Jussara estar com uma doença que ainda judia muito dos enfermos e de suas famílias.

O diagnóstico final

No dia seguinte às nove horas da manhã, Dr. Roberto liga para Francisco informando que o exame já estava em suas mãos e que ele os aguardava em seu consultório.

– Está certo doutor, em uma hora estaremos aí – respondeu Francisco.

Já diante do médico, Jussara e Francisco se mostravam ansiosos com o que ele iria dizer.

– Sei que devem estar apreensivos, mas antes queria lhes dizer que qualquer que seja o resultado, não podem se desesperar, tudo tem solução e se caso este exame confirmar nossas suspeitas, faremos de tudo para acabar com a doença.

Francisco e Jussara concordaram com a cabeça, mas não conseguiam falar nada, a ansiedade já tomara conta dos dois.

– Esperei vocês chegarem para vermos juntos o resultado.

– E qual é o resultado doutor? – perguntou Francisco mais ansioso que Jussara.

Fez-se silêncio no consultório enquanto o médico lia todos os laudos dos exames. A angustia por uma resposta fez mudar o semblante do casal que já não suportava mais aquela espera, fazendo Jussara acabar com o silêncio.

– Doutor o que eu tenho?

O médico olhou para os dois, respirou fundo e respondeu.

– O resultado confirmou o câncer.

66 | *Vida que Segue*

Jussara tentou ao máximo não deixar ser tomada pela emoção, precisava se mostrar forte, porém Francisco não conseguiu conter a emoção e deixou grossas lágrimas escorrerem pelo seu rosto, mas logo foi amparado pela esposa.

– Calma meu amor. Você não me disse que tínhamos de ser fortes?

– Eu sei, mas não consegui me controlar. Desculpe-me.

– Não precisa se desculpar. Não podemos nos culpar por não conseguirmos segurar nossas emoções – falou Jussara com carinho, confortando o marido. Em seguida virou-se para o Dr. Roberto e perguntou: – Doutor, o que causa o câncer?

– As causas do câncer são variadas, podendo ser externas ou internas ao organismo. As causas externas estão relacionadas ao meio ambiente, aos hábitos e costumes próprios de um ambiente social e cultural. As causas internas são, na maioria das vezes, geneticamente pré-determinadas, está ligada a capacidade do organismo de se defender das agressões externas.

– Quer dizer que não existe uma causa definida para esta doença? – Desta vez foi Francisco que perguntou ao médico.

– Infelizmente não, esta não é uma doença qualquer que sabemos o que está causando e podemos tratá-la com medicamentos específicos, neste caso temos que tratar os efeitos e controlá-la para que não se espalhe.

– E o que fazemos agora doutor? Nós não podemos perder tempo. – Francisco se mostrava mais preocupado que a esposa e queria encontrar de qualquer maneira uma forma de acabar com a doença, antes que ela acabasse com sua esposa.

– Começaremos amanhã com o tratamento, farei uma reunião com minha equipe e decidiremos todos os procedimentos hoje ainda, para iniciarmos amanhã o tratamento.

– Não podemos começar já com esse tratamento?

O diagnóstico final | 67

– Acalme-se Francisco, não podemos atropelar etapas, temos que ser precisos para obtermos o efeito que esperamos.

– Queria fazer uma pergunta, mas estou com medo da resposta doutor – falou Jussara.

– Faça a pergunta Jussara, agora é a hora de tirarem todas as dúvidas – respondeu o médico.

– Como saberemos se o câncer já se espalhou para outros órgãos ou não?

– Marcaremos mais alguns exames complementares para verificarmos se já fez metástase ou não.

– E quando será isso?

– Primeiro iniciaremos o tratamento e de acordo com os resultados, realizamos este exame complementar.

– Mas aí não será tarde? – perguntou Francisco.

– Não podemos expor o paciente antes de tentarmos este primeiro tratamento.

Francisco estava contrariado com a resposta do médico, mas ele era o especialista e não queria questionar seus métodos.

– Peço que se mantenham fortes, sei que é difícil, mas isso também faz parte do tratamento, pois se não forem fortes e se entregarem, nossas chance se reduzem a quase zero.

– Pode deixar doutor, seremos fortes e vamos lutar com todas as nossas forças para vencer esta guerra – respondeu Jussara.

– Assim que gosto de ver Jussara.

– O que fazemos agora doutor? – ela perguntou.

– Espero vocês amanhã de manhã para iniciarmos o tratamento.

Francisco e Jussara se despediram do médico e saíram do consultório. Jussara pediu ao marido que fossem até o apartamento dos pais. Chegando lá, enquanto Jussara abraçava sua mãe, Antônio se aproximou para recebê-los também.

– Oi minha querida. Como você está? – perguntou a mãe com ar preocupado.

– Oi mãe. Estou bem.

– Como está nossa menina? – completou o pai de Jussara.

– Oi pai, estou tentando entender tudo isso – respondeu com voz triste.

– Saíram os resultados? – perguntou Antônio.

– Calma meu amor, deixe-os entrar – falou Tereza.

Todos entraram no apartamento e se acomodaram na sala de estar.

– E então minha filha como foi lá no médico?

– Mãe, os exames confirmaram as suspeitas. Estou com câncer mesmo.

Tereza tentou conter as lágrimas, mas a emoção foi mais forte que sua vontade. Jussara vendo a tristeza de sua mãe também não se conteve. As duas se levantaram e se abraçaram, Francisco olhava o sogro imóvel no sofá e tentava achar palavras nesse momento difícil. Mas foi Antônio que perguntou.

– E agora? O que faremos?

– Vamos começar o tratamento amanhã e dependendo de como ela estiver respondendo a essa primeira etapa, se fará exames complementares para saber se houve metástase ou não.

Francisco respondeu ao sogro com a voz embargada.

– E como você está minha filha? – perguntou Tereza.

– Estou triste, mas com disposição para lutar contra esta doença.

– Isso é muito importante, não pode se abater. Estaremos sempre junto de você.

Durante toda a tarde a conversa ficou com o mesmo tema, apenas por alguns instantes, Francisco tentava mudar de assunto, mas sem sucesso.

No final do dia, Francisco e Jussara se despediram e foram para casa. Já na cama ele abraçou sua esposa carinhosamente e lhe perguntou.

– Como você está meu amor?

– Não sei ainda, uma mistura de tristeza e apreensão. Não sei se estou preparada para passar por um problema deste tamanho.

– Nós estaremos sempre juntos meu amor e vamos passar por essa luta juntos.

– Mas sabemos que não depende apenas de nós.

– Depende sim e nós não vamos desistir antes de começar.

Francisco beijou a esposa e os dois ficaram abraçados por um longo tempo em silêncio até pegarem no sono.

O tratamento

No dia seguinte cedo, o casal estava na clínica do Dr. Roberto para Jussara iniciar seu tratamento. Francisco foi direto falar com a recepcionista que o cumprimentou.

– Bom dia seu Francisco!

– Bom dia! Viemos para iniciar o tratamento de Jussara.

– O Dr. Roberto pediu que aguardassem que ele precisa conversar com vocês antes de começarmos.

– Alguma coisa errada?

– Não seu Francisco. Este é um procedimento normal. Ele irá explicar como será o tratamento.

– Está certo. Vamos aguardar.

Meia hora depois, Francisco e sua esposa foram chamados ao consultório do médico.

– Bom dia Jussara! Bom dia Francisco!

– Bom dia doutor! – responderam ao mesmo tempo.

– Como passaram essa primeira noite?

– Estamos nos conformando com a ideia e nos fortalecendo para enfrentar o problema – respondeu Francisco.

– Consegui acalmar o homem doutor – falou Jussara.

– Que bom que estão fortes e decididos. Isto é uma grande arma contra o câncer.

– O que aconteceu para estarmos aqui e não termos começado ainda o tratamento doutor? – perguntou Francisco.

72 | *Vida que Segue*

– Toda vez que iniciamos um tratamento deste porte, converso primeiro com meus pacientes para explicar como tudo funcionara, os efeitos que podem surgir e qual a duração desta primeira etapa.

– Já que tocou no assunto. Quais são os efeitos colaterais deste tratamento?

– Irei explicar tudo a vocês.

– Está certo doutor.

– Bem, a radioterapia é um método capaz de destruir células tumorais, empregando feixes de radiações ionizantes. Uma dose pré-calculada de radiação é aplicada em um determinado tempo, a um volume de tecido que engloba o tumor, buscando erradicar todas as células tumorais, com o menor dano possível às células vizinhas. Trocando em miúdos, vamos bombardear com feixes de radiação o local onde está localizado o tumor, para destruir as células cancerígenas. As células vizinhas irão reconstituir a área atingida criando novas células sadias.

– Certo. E o que isso pode fazer de mal a Jussara? Qual vai ser o efeito colateral que isso pode ocasionar?

– Embora seja um tratamento eficaz para muitos tipos de câncer, a radioterapia, assim como outros tratamentos, pode causar efeitos colaterais, porém estes variam de pessoa para pessoa.

Francisco e Jussara estavam atentos a explicação do médico, eles não queriam perder nenhum detalhe para se prepararem contra qualquer problema que ocorresse durante o tratamento.

O médico bebeu um pouco de água e continuou.

– Muitas pessoas que recebem radioterapia apresentam problemas de pele, como ressecamentos, coceiras, bolhas ou descamação. Estes problemas desaparecem algumas semanas depois do tratamento. Outro efeito colateral que é comum é o cansaço. O cansaço do tratamento de câncer é diferente do que temos por falta de sono, é uma sensação de exaustão que não melhora com o repouso.

– No caso dela quais as reações que podem ocorrer?

– Segundo os exames notamos linfomas na região do baço, axilas e nos rins. Isso pode gerar dor na região, um ressecamento no baço e irritação na bexiga.

– E como aliviamos estes efeitos colaterais?

– Estaremos acompanhando todo o tratamento e as reações. À medida que elas forem aparecendo iremos tratando isoladamente. No caso da bexiga aconselhamos um consumo de pelo menos dois litros de água por dia.

– Então isso tudo o que o senhor disse, pode ser que ocorra ou não com a Jussara?

– Os efeitos colaterais sim. Mas tudo vai depender de como o organismo dela vai responder ao tratamento. Mais alguma dúvida?

– Acredito que não doutor, mas só depois saberemos.

– Podem me acompanhar, vamos iniciar o tratamento.

Francisco e Jussara se levantaram e acompanharam o médico até uma antessala do consultório, local onde se realizava a radioterapia.

– Francisco você aguarda aqui.

– Não posso acompanhar?

– Não. Trabalhamos com radiação e só pacientes entram nesta sala.

– Tudo bem – concordou contrariado. Em seguida deu um beijo em sua esposa e desejou boa sorte.

Jussara deixou uma lágrima escorrer pelo seu rosto, que logo foi enxugada pela mão do marido que sussurrou em seu ouvido.

– Seja forte. Estarei aqui esperando por você.

Francisco se acomodou na poltrona da sala e ficou observando Jussara seguir o médico, pegou seu celular, aproveitaria aqueles momentos para fazer algumas ligações.

– Marisa?

– Sim seu Francisco.

– Como estão as coisas por aí?

– Tudo tranquilo, eu já encaminhei os operários à obra do Dr. Roberto no litoral e os materiais para começarem o trabalho chegaram lá agora de manhã.

– Ótimo! Eu não vou ao escritório hoje. Jussara começou o tratamento e vou ficar com ela.

– Ela está bem?

– Sim, está melhor, obrigado por perguntar.

– Não se preocupe qualquer coisa eu ligo para o senhor.

– Obrigado.

Francisco desligou o telefone e ligou para sua mãe.

– Oi mãe!

– Oi filho! Como você está?

– Estou bem. Liguei para avisar que a Jussara começou a sua primeira sessão de radioterapia hoje.

– E como ela está?

– A princípio bem, vamos ver como ela vai reagir ao tratamento. Depois vamos para casa.

– Você vão precisar de alguma coisa filho?

– Não mãe. Está tudo bem.

Francisco se despediu de sua mãe, desligou o telefone e pegou uma revista a fim de passar o tempo, mas não conseguia se concentrar em nada.

Uma hora depois o médico saiu da sala.

– Doutor como ela está?

– Bem, apenas um pouco cansada, mas está bem. Daqui a pouco ela já sai e vocês poderão ir para casa. Lembre-se que ela precisa descansar.

– Pode deixar doutor. Ficarei a disposição dela hoje.

– Ótimo!

– Queria lhe falar também, que hoje começamos a obra de sua casa de praia.

– Que bom, mas não se preocupe com isso agora.

Francisco concordou com a cabeça, o médico se retirou e ele voltou a se sentar. Mais alguns minutos e Jussara apareceu na porta da antessala com a aparência abatida.

– Você está bem meu amor?

– Estou, apenas um pouco cansada.

– Vamos, vou ficar com você hoje o dia inteiro.

– E o escritório?

– Enquanto você fazia sua sessão eu fiz algumas ligações e está tudo em ordem.

Francisco amparou a esposa e a conduziu até o carro.

Os dias seguintes foram cansativos. Jussara começava a sentir os primeiros efeitos da radioterapia e Francisco quase não conseguia pregar o olho durante a noite. Ficava atento a qualquer suspiro de sua esposa.

Francisco estava preocupado, o tempo passava e aparentemente a radioterapia não mostrava nenhum resultado contra a doença.

Após cinco semanas o Dr. Roberto ligou para Francisco e chamou os dois para uma consulta de rotina.

– Bem, já estamos na quinta semana de tratamento e não estamos obtendo o resultado que esperávamos.

– E o que quer dizer isso doutor? – perguntou Jussara assustada.

– Calma Jussara. Isso por enquanto não quer dizer nada, apenas que mudaremos o tratamento.

– E qual seria este tratamento novo?

– Quimioterapia.

76 | *Vida que Segue*

Francisco e Jussara ficaram pálidos diante do pronunciamento do médico. Já haviam ouvido falar que este tratamento era mais invasivo e seus efeitos colaterais mais acentuados.

– Quimioterapia doutor? – perguntou Francisco assustado.

– Sim. Será necessário, ela não está respondendo ao tratamento inicial e teremos que agir de outra forma.

– Quer dizer que ela piorou?

– Não. Quer dizer que vamos agir de outra forma.

– E como está o quadro dela?

– Semana que vem faremos mais alguns exames para vermos como está evoluindo o quadro da Jussara.

– E quando ela começa com a quimioterapia? – Francisco queria saber cada detalhe.

– Após o exame que faremos na segunda-feira – informou o médico.

Francisco e Jussara se despediram do Dr. Roberto com a aparência preocupada e voltaram para casa depois de mais uma sessão do tratamento.

– Meu amor, eu preciso ir ao escritório hoje. Você quer vir comigo?

– Não. Prefiro ficar em casa, tenho me sentido cansada e com dor. Quero descansar.

– Quer que eu ligue para minha mãe ficar com você?

– Não. Quero ficar sozinha.

– Mas você vai ficar bem?

– Vou meu amor, pode ir tranquilo.

– Está bem. – Francisco deixou Jussara em casa e foi para seu escritório.

– Oi seu Francisco! Como vai dona Jussara?

– Oi Marisa! Jussara não está muito bem hoje. Estivemos no consultório do Dr. Roberto e ela terá que mudar o tratamento, porém os efeitos colaterais da radioterapia parecem que se intensificaram por causa do seu estado emocional.

– Que chato. Seu Francisco, posso lhe fazer uma pergunta?

Francisco estava olhando a correspondência e assentiu com a cabeça, sem ao menos levantar os olhos. Marisa então perguntou:

– O senhor acredita em Deus?

– Acredito, mas por que a pergunta? – questionou levantando a cabeça devagar, olhando a secretária com curiosidade, agora ela tinha toda sua atenção.

– Não sei como chegar ao assunto, tenho medo que me interprete mal.

– Não se preocupe com isso, pode falar.

– Eu tenho uma amiga que frequenta um terreiro de Umbanda e lá eles fazem cura espiritual. Por que o senhor não experimenta levar dona Jussara até lá?

Francisco olhou para Marisa com cara de espanto e em seguida respondeu.

– Nós somos católicos, apesar de não frequentarmos a igreja, e nunca nos envolvemos com outro tipo de religião.

– Mas o senhor não acha que seria interessante tentarem alternativas diante da situação?

– Nunca acreditei muito nestas religiões, principalmente pelos comentários negativos que ouvimos. Sei que pode ser ignorância minha, mas nunca me aprofundei nesta área. Outra coisa que nunca fui a favor, isso para qualquer religião, é a respeito de cobranças por tratamentos espirituais.

– Sabe seu Francisco, na Umbanda não se cobra para ajudar. A Umbanda prega a caridade, a humildade e o amor ao próximo.

– Como sabe tudo isso Marisa?

78 | *Vida que Segue*

– Às vezes vou a este terreiro. É bom para dar uma descarregada e reequilibrar as energias.

– Não sei se Jussara concordaria com isso. Mas prometo que vou pensar no assunto.

Marisa anotou em um pedaço de papel o endereço do terreiro e entregou a Francisco.

– Se o senhor resolver conhecer será bem recebido lá.

– Obrigado de qualquer forma.

Francisco entrou em sua sala e ficou mais algumas horas no escritório colocando tudo em ordem.

Já passava das quatro horas da tarde, quando chegou em casa. Colocou a chave e a carteira em cima do aparador e chamou:

– Jussara, meu amor, cheguei.

– Estou aqui no quarto – respondeu Jussara.

Quando Francisco entro no quarto viu sua esposa saindo do banheiro com aparência abatida.

– O que houve?

– Não estou bem, vomitei muito esta tarde.

– Deve ser o efeito do tratamento meu amor.

– Não sei se eu vou suportar muito mais tempo tudo isso – falou Jussara com voz fraca.

– Nunca mais fale isso. Lembra o que o Dr. Roberto nos falou no início do tratamento. Temos que ser fortes, não podemos nos deixar abater, senão isso irá atrapalhar o tratamento.

– Tenho tentado, mas cada dia fica mais difícil.

Francisco abraçou Jussara que se entregou ao choro compulsivo.

– Calma meu amor. Tudo vai dar certo.

– Não sei se vai dar certo, já não consigo ter tanta esperança como antes.

– Não fale assim. Eu vou estar sempre ao seu lado e vou ajudar você a superar tudo isso. –Francisco beijou a esposa na testa e voltou a abraçá-la forte. – Vamos, vou preparar alguma coisa para comermos.

– Estou sem fome. Nada para em meu estomago.

– Mas você precisa se alimentar. Tente pelo menos comer alguma coisa leve.

– Está bem. Vou me arrumar e encontro você na cozinha.

Enquanto Jussara se arrumava, Francisco foi preparar um lanche e ligar para sua mãe. Porém quem atendeu foi seu pai.

– Oi pai!

– Oi filho! Como está tudo por aí? E Jussara?

– Estamos sobrevivendo. Jussara que não está muito boa hoje, os efeitos colaterais já estão surgindo e isso a deixa bem abatida.

– Tenha força filho. E tenha fé que tudo vai se resolver.

– Estou tentando pai. E como está sua situação no trabalho?

– Conversei hoje com meu patrão e resolvi pedir minha aposentadoria.

– Que ótimo. Já contou para a mamãe?

– Sim conversamos muito esta semana e ela apoiou a minha decisão.

– Que bom. Pai, eu acho que vou precisar de sua ajuda, mas depois passo aí para conversarmos sobre o assunto.

– Está certo filho, fico aguardando.

Francisco se despediu do pai e desligou o telefone.

– Com quem estava falando meu amor?

– Com meu pai.

– Aconteceu alguma coisa?

– Vou me afastar do escritório e ficar mais perto de você e vou pedir para que ele fique em meu lugar.

– Mas e o emprego de seu pai?

80 | *Vida que Segue*

– Ele pediu sua aposentadoria. Já combinei com ele de nos encontrarmos amanhã para eu passar todas as informações sobre o escritório .

– Que bom. Assim teremos mais tempo juntos.

Francisco e Jussara se sentaram à mesa e começaram a lanchar. Durante todo o lanche, conversaram sobre assuntos variados e pela primeira vez não tocaram no assunto de doença. Porém no final da refeição Francisco comentou o que Marisa havia lhe falado.

– Hoje me aconteceu uma coisa estranha – disse ele.

– O que houve? – perguntou Jussara.

Francisco se levantou e começou a tirar a mesa.

– A Marisa me perguntou se eu acreditava em Deus e nos convidou para irmos a um terreiro de Umbanda, pois lá eles realizam cura espiritual.

– E você o que disse a ela?

– Disse que não acreditava muito nestas religiões que cobravam para atendimento espiritual.

– Mas ela frequenta estes lugares? – quis saber Jussara.

– Disse que vai de vez em quando com uma amiga que é médium. E o que você acha disso?

– Nunca pensei a respeito. Mas quem sabe não obtemos algumas respostas ou até ajuda.

– Não sei. – Francisco não queria dar falsas esperanças a Jussara.

– Se a medicina dos homens ainda não consegue solucionar alguns problemas, quem sabe a espiritual não resolve.

– Por quê? Você gostaria de ir conhecer? – perguntou Francisco.

– Não sei. Tenho medo dessas coisas – respondeu Jussara. De repente ficou pensativa, algo dentro dela dizia para ficar atenta ao assunto.

– O desconhecido nos causa essa sensação e acabamos criticando algo que nem conhecemos.

– Mas eu também sou contra a cobrança desses atendimentos. Muitos se aproveitam da dor alheia para tomar dinheiro daqueles que no desespero de uma solução acabam entregando tudo a esses falsos profetas.

– Ela me disse que a Umbanda não cobra por seus atendimentos e que prega a caridade, humildade e amor ao próximo.

– Quer arriscar? – perguntou Jussara.

– Não sei se estou disposto a abrir a minha vida e meu sofrimento a um estranho.

– E se este estranho puder nos ajudar.

– Pelo visto você ficou bem interessada sobre o assunto.

– Eu acho que não custa tentar. Pior do que está não pode ficar.

– Não sei.

– Se não puderem me curar, mas se conseguirem acalmar nossas almas, já está valendo.

– Não fale assim. Não podemos desistir. E o que será que o Dr. Roberto vai achar de tudo isso?

– Não precisamos contar a ele que estamos buscando alternativas para resolver nosso problema.

– Vou pensar no assunto. Agora vamos, vou tomar um banho e tentar dormir um pouco. Estas últimas noites não tenho conseguido pregar o olho.

– Tente relaxar meu amor, senão daqui a pouco você fica doente e quem vai cuidar de mim?

Francisco sorriu, abraçou a esposa e foram para o quarto.

A busca por uma cura alternativa

Francisco e Jussara decidiram que iriam tentar alguma ajuda fora dos padrões da medicina humana e resolveram que visitariam o terreiro que Marisa havia indicado.

Naquele dia Francisco levantou mais cedo. Fez o café, pegou seu notebook e enquanto tomava seu café da manhã, verificava seus e-mails e se comunicava com escritório via internet, enquanto Jussara ainda dormia.

Já eram dez horas quando Jussara se levantou.

– Bom dia meu amor!

– Bom dia! Dormiu bem?

– Dormi. O que está fazendo?

– Respondendo alguns e-mails e resolvendo algumas coisas do escritório com a Marisa.

– Você não acha que devia ir até lá?

– Não vou deixar você sozinha.

– Mas eu estou bem.

– Está tudo sob controle. A obra do Dr. Roberto caminha bem e a Marisa me mantem informado de tudo o que acontece.

– Mas você sabe que não podemos abandonar o escritório, é o nosso sonho. Não é porque estou doente que não podemos continuar com nossas vidas.

84 | *Vida que Segue*

– Eu sei amor, mas eu reservei a semana para ficar com você, principalmente porque hoje começa seu tratamento de quimioterapia. Não sabemos como você vai reagir e quero estar perto.

– Está bem, mas não abandone o escritório.

– Não vou abandonar, vou conversar com meu pai e sei que ele vai nos substituir muito bem.

– Hoje nós vamos lá?

– Aonde?

– Conhecer aquele terreiro de Umbanda que a Marisa lhe falou?

– Você tem certeza de que quer ir? Sempre achei isso tudo muito fora da realidade, além de ter ouvido várias vezes que cobram por qualquer coisa nesses lugares.

– Nós vamos pelo menos conhecer, se não gostarmos iremos embora.

– Tudo bem. Já que faz questão, nós vamos.

– Quem sabe lá não conseguimos algum tipo de ajuda para ao menos acalmar nossos corações.

– Vou fazer o seguinte, enquanto você se arruma, vou conversar com a D. Marisa para saber mais sobre o lugar.

– Combinado.

Jussara foi se preparar para começar o novo tratamento enquanto Francisco perguntava a Marisa sobre o tal terreiro de Umbanda que ela havia falado.

Já a caminho da clínica, Jussara perguntou ao marido.

– Falou com ela?

– Falei. Ela me disse que começa às oito horas da noite e que hoje tem sessão. Ela me explicou como faço para chegar lá.

– Então nós vamos? – perguntou Jussara com uma pontinha de esperança de que pudesse encontrar uma solução para seu problema.

A busca por uma cura alternativa | 85

Jussara saiu da primeira sessão de quimioterapia com alguns efeitos colaterais mais acentuados. Francisco tentava animar a esposa que só queria ficar quieta até chegar em casa.

Ele a colocou na cama para descansar, beijou sua testa e lhe disse:

– Qualquer coisa é só me chamar.

Jussara respondeu balançando a cabeça afirmativamente fechou os olhos e se acomodou na cama.

Francisco aproveitou que a esposa descansava e foi ligar para seu pai.

– Oi pai!

– Oi filho. Tudo bem com vocês?

– Digamos que sim. Jussara fez hoje a primeira sessão de quimioterapia e sentiu um pouco os efeitos colaterais, mas agora está descansando.

– E você como está?

– Na medida do possível estou bem.

– Filho você precisa ser forte. Nesse momento a Jussara depende muito de seu apoio.

– Pode deixar pai, vou ficar bem.

– Que bom!

– Pai, o senhor está muito ocupado?

– Não. Por que filho?

– Queria conversar com o senhor. Poderia vir aqui em casa? Achei melhor conversar com o senhor aqui, assim não deixo Jussara sozinha.

– Claro. É só o tempo de resolver algumas coisas aqui em casa e passo aí.

Carlos havia resolvido se aposentar como seu filho tinha sugerido, e estava aguardando o desenrolar da burocracia para efetivamente concluir o processo de aposentadoria.

Após duas horas, Carlos estava na casa de seu filho.

– Olá filho, o que aconteceu? Estou preocupado com essa conversa.

– Oi pai, fique tranquilo, o que eu queria lhe dizer é que com este problema da Jussara tenho ficado um pouco distantes dos negócios. A Marisa é uma boa secretária e o arquiteto que contratamos para tocar alguns projetos também é muito bom, mas não é a mesma coisa do que se eu estivesse lá. Eu queria saber se o senhor pode me substituir na empresa, pelo menos neste período mais crítico do tratamento da Jussara. O senhor é engenheiro, entende do negócio e é meu pai, sei que com o senhor lá ficarei mais tranquilo para poder dar toda a assistência a Jussara.

– Claro filho, você sabe que pode contar comigo, mas acho que não deveria se ausentar cem por cento.

– Não vou me ausentar cem por cento, pai. Mas com o senhor lá, não precisarei ir todo dia. Posso passar por lá umas duas vezes por semana e ver como vão as coisas.

– Está certo. Filho, eu só queria dizer que você não pode só se ocupar com esse problema, senão você acaba adoecendo também, e a Jussara precisa de você bem. Precisa se ocupar com outras coisas e não ficar só com rotina médica na cabeça.

– Eu sei pai. Tenho tentado não pensar todo instante no problema de Jussara, mas é difícil. Eu amo demais essa mulher e quero fazer de tudo para poder ajudá-la a sair dessa. Não sei se suportaria perdê-la.

– Filho não pense nisso. O Dr. Roberto é muito competente e sei que irá fazer de tudo para curar sua esposa.

– Assim espero pai.

Francisco e Carlos conversaram mais algumas horas, para que Carlos ficasse por dentro de tudo o que estava acontecendo no escritório. Já eram quase seis horas quando eles se levantaram e foram até a porta da casa.

– Obrigado pai pela ajuda.

– Não por isso filho.

– Vamos fazer assim. Amanhã de tarde nos encontramos no escritório e aviso a todos da minha decisão e o senhor assume o escritório para mim.

– Está certo meu filho. Agora preciso ir, pois eu e sua mãe vamos à casa de sua vó ver como ela está. Depois da notícia da doença de Jussara, nos afastamos um pouco de lá e você sabe que sua mãe fica preocupada com a velha.

– Eu sei pai. Mande um beijo para mamãe e para a vovó.

Francisco se despediu de seu pai e ficou olhando na janela a paisagem do lado de fora.

O sol ia dando lugar a uma noite linda, sem nuvens com uma lua cheia que realçava as estrelas que brilhavam no céu, quando Jussara apareceu na sala em que Francisco pesquisava sobre a doença.

– Estou pronta. Você não vai se arrumar?

– Havia até me esquecido. Eu acabei me entretendo aqui nessa leitura, mas já estou indo me arrumar.

– Você estava pesquisando sobre o câncer?

– Estava só lendo alguns depoimentos de pessoas que venceram a doença.

– Meu amor, eu vou pedir uma coisa. Não fique buscando explicações e se martirizando por não achar uma cura. Não é culpa sua e isso não faz bem a você.

– Preciso me ocupar com alguma coisa, então que seja em buscar uma solução para isso que estamos passando.

Francisco desligou o notebook, se levantou e com os olhos marejados, abraçou a esposa e sussurrou em seu ouvido.

– Não posso perder você. Não suportaria isso.

– Calma meu amor. Nada vai acontecer que já não esteja planejado por Deus. – Francisco e Jussara se abraçaram forte e ele foi se arrumar.

No horário marcado, eles entraram no terreiro. Marisa estava conversando com algumas pessoas, pediu licença e foi até o patrão recepcioná-lo.

– Boa noite seu Francisco. Boa noite dona Jussara.

– Boa noite Marisa – responderam.

Francisco observava tudo ao seu redor. Aquele universo era totalmente diferente do que já havia vivido em toda sua vida. Francisco estava distante em seus pensamentos, quando foi indagado por Marisa.

– Está achando tudo estranho, não é seu Francisco?

– Não vou negar que tudo é muito estranho para mim, mas vou me acostumar.

– Fique tranquilo. Ao contrário do que muitos dizem, esta também é uma religião Cristã. Aqui só se faz o bem, independente da classe social ou cultural daqueles que vem nos visitar.

– Você também faz parte deste lugar?

– Faço. Mas não neste dia.

– Como assim?

– Sou médium de uma corrente que tem os trabalhos no sábado, mas toda vez que posso venho aqui ajudar.

– Hum, entendi, então por que me disse que era sua amiga que frequentava este terreiro?

– Muitas vezes nos omitimos quando nos perguntam de nossa religião, com medo de represália. Sei que isso é uma atitude errada, pois nos omitindo, deixamos nossa religião enfraquecida. Sou ainda uma médium nova, mas tenho buscado estudar sobre a religião e compreendê-la melhor, assim, quando alguém me perguntar qual a minha religião,

A busca por uma cura alternativa | 89

falarei com mais firmeza, como também poderei falar dela a qualquer pessoa.

– Está perdoada – brincou Francisco.

Os três riram do comentário de Francisco e Marisa aproveitou o bom humor dos patrões para perguntar:

– Vocês vão querer se consultar? – Marisa olhou para Jussara que parecia menos apreensiva que Francisco.

– Por mim, eu quero. Vamos nos consultar amor?

– Tem que responder agora? – contornou Francisco tentando ganhar tempo.

– Preciso colocar o nome de vocês na lista para que sejam atendidos.

– Não sei. Não concordo muito em pagar por este tipo de serviço. Acho meio estranho tudo isso.

– Relaxe seu Francisco. Como lhe falei aqui não se cobra pelo atendimento. A Umbanda preza pela caridade. Estamos aqui com o intuito de ajudar e não para ganhar dinheiro.

– Você falou lá no escritório sobre isso, mas achei que pudesse ter compreendido erroneamente.

– Achei que todas estas religiões que envolviam os mistérios das magias cobrassem pelos seus trabalhos – falou Jussara.

– Na Umbanda isso não acontece.

– Então me explique como funciona – pediu Francisco.

– Aqui nada é obrigado. As pessoas que vêm nos visitar têm o livre-arbítrio de aceitar o que lhe é dito na consulta ou não. Nós só trabalhamos em função do bem, pois uma religião só deve fazer o bem, se faz o contrário não é uma religião. Na primeira parte da gira, que é o nome que damos a nossas sessões, temos a vibração das sete linhas, na qual quem quiser entra no espaço reservado aos médiuns e vão tomar passes energéticos, tiram os sapatos e entram. Quem não quiser participar permanece do lado de fora. Se alguma dessas pessoas precisa de um tratamento especial, depois da vibração, ela é colocada no meio e as entidades incorporadas em seus médiuns realizam trabalhos espirituais para ajudá-la.

– Mas isso não é perigoso? – perguntou Jussara.

– Claro que não. Todas as entidades que trabalham na Umbanda, são espíritos de luz, estão aqui apenas para fazer o bem e ajudar aos necessitados.

Francisco e Jussara prestavam atenção na explicação dada pela secretária, então Marisa continuou.

– Depois, na segunda parte, começam as consultas, quem quiser entra e conversa com as entidades para pedir ajuda e aliviar a carga que trazem em seus corações, são convidados a entrar um de cada vez.

– Mas e os médiuns, ficam sabendo de tudo que falamos?

– Sim seu Francisco. Somos todos médiuns conscientes. As entidades e os médiuns criam uma cumplicidade, uma parceria nos trabalhos. No início, a maioria dos médiuns eram inconscientes, pois como era uma religião nova, as entidades precisavam tomar a consciência do médium, para que este não interferisse nos recados e deixasse as entidades fazerem seus trabalhos corretamente. Hoje em dia quase todos os médiuns umbandista são conscientes.

– Mas como vou contar os meus problemas a um estranho?

– Tudo que é dito na consulta fica em sigilo. Quando é algo mais sério, o médium ou a própria entidade conversam com o dirigente da casa ou a entidade incorporada no dirigente, para saber o que se deve fazer ou pedir autorização para realizar um trabalho específico. Aqui em nossa casa é terminantemente proibido que se converse sobre as consultas com outras pessoas. Nem o médium nem o Cambone têm autorização de falar sobre as consultas a não ser com a dirigente da casa. É mais ou menos parecido com um confessionário.

A busca por uma cura alternativa | 91

Quando vai a uma igreja e quer se confessar, o senhor também abre todos os seus problemas ou pecados a um padre que está dentro do confessionário para lhe ouvir. Aqui é a mesma coisa, com a diferença de que pode ver com quem está conversando.

– Mas os padres foram preparados para tal função. Estudaram para isso.

– Os médiuns que dão consultas também. São médiuns conscientes e preparados.

– Mas é diferente. – Francisco estava reticente.

– Por que lá é uma igreja católica e aqui um terreiro de Umbanda? – Marisa mudou seu tom de voz.

– Desculpe se fui um pouco intolerante. Isso tudo é novo para mim, não estou acostumado a expor meus problemas – desculpou-se Francisco.

– Você falou em Cambone. Do que se trata? – perguntou Jussara, desconfiada.

– Cambone é a pessoa que fica ao lado do médium incorporado, auxiliando durante a consulta, atendendo aos pedidos da entidade incorporada, doando sua energia aos trabalhos e prestando atenção na consulta para que nenhuma entidade fale o que não pode. Na maioria das vezes o que se é conversado em uma consulta, serve tanto para o consulente, como para o médium e o Cambone. Os três juntos formam um triângulo energético que auxilia durante toda a consulta, por isso o Cambone tem que estar sempre atento, evitando que esse triângulo energético se rompa e possa dificultar os trabalhos ali realizados.

– Não sei se quero expor meus problemas a desconhecidos – falou Francisco ainda resistente.

– Não se preocupe seu Francisco, na hora o senhor irá se sentir tão à vontade que não se fechará, e a consulta fluirá naturalmente.

92 | *Vida que Segue*

– Está certo. Pode colocar o nosso nome na lista – resignou-se.

– Sentem-se que a gira já vai começar. Eu já volto.

Marisa se afastou dos amigos e foi colocar seus nomes na lista, mas logo retornou.

Durante toda a primeira parte Marisa explicava a Jussara o que acontecia, ela se mostrava mais interessada e com a mente mais aberta a coisas novas. Francisco por sua vez ainda olhava tudo com olhos críticos e apreensivo.

Durante a vibração das sete linhas, alguns médiuns incorporados foram até Francisco e Jussara e ministraram passes. Tudo era muito estranho aos dois, Francisco demonstrava mais receio enquanto Jussara se entregava à nova experiência.

No final da vibração um médium se aproximou do casal e pediu que permanecessem onde estavam, pois seria realizado um trabalho com eles naquele momento. Francisco tentou resistir e já estava saindo, mas Jussara olhou para ele lhe passando tranquilidade e pedindo que ficasse.

O trabalho no meio ocorreu sem nenhuma anormalidade. As entidades ali incorporadas em seus médiuns, apenas fizeram uma limpeza energética no casal e afastaram alguns espíritos que se aproveitavam da baixa vibração que eles emanavam devido ao problema que estavam passando.

Já no intervalo daquela sessão, os dois não se contiveram e foram perguntar a Marisa o que havia acontecido e por que haviam colocados eles ali no meio.

– O que foi aquilo? O que estavam fazendo? Estávamos com algum encosto? – perguntou Francisco sem dar chance a Jussara de perguntar alguma coisa.

– Calma seu Francisco. Uma pergunta de cada vez – brincou Marisa, vendo nos olhos de Francisco muita apreensão, então continuou. – Aquilo foi um trabalho de meio, como chamamos.

Lembra do caso que falei de quando alguém, após receber o passe espiritual, ainda precisa de um tratamento mais específico, e é solicitado a essa pessoa que continue naquele local para a realização de trabalhos especiais?

Francisco respondeu com a cabeça com movimento afirmativo.

– Esse foi um caso. Quanto ao que faziam, estavam realizando uma limpeza energética em vocês, pois deveriam estar desequilibradas pelo problema que estão passando e com isso acabam atraindo espíritos que se aproveitam da fragilidade dos encarnados para sugar energias, deixando-os mais enfraquecidos. E em relação a estarem ou não com encosto, como o senhor disse, pode ser que alguns espíritos necessitados se aproveitaram dessa energia, mas se estavam com vocês é porque queriam ajuda, pois só entram no terreiro espíritos que estão dispostos a serem auxiliados, mesmo que muitas vezes não aparentam isso.

Francisco prestava atenção em tudo que Marisa falava com os olhos arregalados. E a moça continuou.

– Todo casa de Umbanda possui uma proteção espiritual que impede que espíritos zombeteiros adentrem no terreiro sem autorização. Como se tivéssemos um grupo de seguranças do lado de fora. Essa proteção não é vista no mundo físico.

Antes que Francisco perguntasse mais alguma coisa, Jussara se antecipou.

– Queria fazer duas perguntas. Você disse que quando baixamos nossa energia, espíritos se aproveitam disso para se aproximar da gente e sugar nossas energias. Mas não conseguimos afastá-los de nós sem uma ajuda de médiuns incorporados?

– Quando baixamos nossa energia ou mantemos pensamentos e atitudes insalubres, atraímos próximos a nós, espíritos que chamamos afins, estes espíritos, são sofredores e ainda necessitam de nossas energias para se fortalecerem. Em muitos casos estes espíritos não têm noção que com isso acabam nos prejudicando, outros, porém fazem isso conscientemente, pois não estão interessados se vão nos prejudicar ou não, querem mais é se fortalecer. Muitas vezes quando isso acontece não nos damos conta do que está acontecendo, pois estamos vibrando na mesma energia que eles. Alguns médiuns conseguem notar alguma diferença de atitudes e conseguem se reequilibrar e afastar estes espíritos, mas a maioria dos médiuns ou pessoas ainda não sabem. E por não saberem que estão sendo obsediados, não conseguem afastá-los.

– Neste mesmo assunto, queria fazer outra pergunta que veio agora na cabeça. Uma vez ouvi que todos nós temos um anjo da guarda, ele não está ali para nos proteger disso?

– Todos nós temos um anjo da guarda, um mentor espiritual e um guardião, porém se permitimos a aproximação destes espíritos eles nada podem fazer, é o nosso livre-arbítrio que conta. Imagine-se chegando acompanhada a uma festa, na qual conhece todo mundo, porém o convite foi feito somente a você, seu acompanhante não foi convidado. Quando você for entrar na festa, vai falar para o segurança que aquela pessoa que a está acompanhando é seu amigo e que vocês vão entrar juntos. Este por saber de sua amizade com o dono da festa o deixa entrar, mesmo que ele não saiba quem é e se está ali para fazer mal a alguém. O mesmo acontece em sua vida. Se baixar sua vibração e atrair por livre-arbítrio e espontânea vontade para perto de você, espíritos com baixa energia, eles não podem fazer nada, pois seguem as suas determinações.

– Hum! Então na maioria das vezes quem mais nos prejudica, somos nós mesmos?

– Sim. Os maiores responsáveis por nossos sofrimentos, somos nós mesmos.

A busca por uma cura alternativa | 95

– Interessante. Agora queria tirar mais uma dúvida. Peço que me desculpe se estou lhe enchendo de perguntas, mas assim como para Francisco, isso tudo também é novidade para mim, mas gosto de conhecer coisas novas. Você falou que apenas espíritos autorizados ou aqueles que querem auxílio podem entrar em um terreiro. Como funciona isso?

– Todo terreiro de Umbanda possui uma entidade responsável em proteger sua área espiritual, é como se ele fizesse uma ronda com seu exército entorno do terreiro, porém no mundo espiritual, impedindo que espíritos trevosos ou zombeteiros tentem atrapalhar os trabalhos que serão realizados ali. Quando vocês entraram aqui no terreiro, devem ter visto uma casinha logo na entrada, ali é um dos campos de força desta entidade. É como se ele fosse o porteiro de nosso terreiro. Entende?

– Acho que sim, como disse, tudo é muito novo para mim.

– Mais alguma pergunta?

– Acho que por enquanto não, mas com certeza depois teremos mais dúvidas. Obrigada Marisa.

– Então vamos nos sentar que a segunda parte já irá começar.

Todos se sentaram e Francisco parecia estar a cada minuto mais apreensivo, era sua primeira vez em um terreiro de Umbanda e também a primeira vez que iria conversar com um espírito incorporado em um médium. Muitas coisas novas em apenas uma noite, mas precisava manter seu autocontrole para que tudo corresse bem e pudessem descobrir alguma coisa que ajudasse curar Jussara.

Francisco estava atento a tudo que acontecia no espaço reservado aos médiuns. Já Jussara a todo instante fazia perguntas a Marisa, estava muito interessada em tudo aquilo. Pela primeira vez depois que descobrira a doença, não pensava nela e no que poderia acontecer, estava alegre, leve e sua energia estava mais vibrante, fazia tempo que não se sentia assim.

Francisco acompanhava de longe aquela empolgação e tentava se alegrar com a alegria da esposa, mas parecia que o medo do desconhecido não o deixava relaxar, no entanto estava admirado com o semblante de Jussara.

– Francisco.

Francisco ouviu seu nome ser chamado ao longe e despertou de seus pensamentos.

– Meu amor, é a nossa vez. Vamos?

– Sim. Vamos.

– Você está bem? – perguntou Jussara.

– Sim, apenas estava longe em meus pensamentos, estou contente em vê-la feliz.

– Então vamos.

Eles se levantaram, tiraram os sapatos para entrar naquele espaço sagrado e foram conduzidos até um médium que estava incorporado com um preto-velho. Diante do médium/entidade, Francisco parecia paralisado, até que o preto-velho falou.

– Pode sentá meus fios.

– Com licença – falou Jussara puxando Francisco para se sentar.

– Parece que o fio tá assustado.

– Um pouco só, mas já vou me ambientar – respondeu Francisco.

– O fio não precisa tê medo, o véio não vai fazê mal pro fio.

– Eu sei. O senhor me desculpe, mas tudo é muito novo para mim.

Antes que Francisco continuasse, o preto-velho completou.

– O desconhecido causa o medo, né fio?

– É sim.

A busca por uma cura alternativa | 97

O preto-velho deu uma risada engraçada, se virou para Jussara e perguntou.

– Então fia, como vai as coisa? Parece que a fia tá passando por um problema difícil, né fia?

– É verdade. Estou com um problema sério.

– A fia tá com aquela doença que judia dos fios né?

– Como o senhor sabe? Foi a Marisa que lhe contou? – perguntou Francisco meio descrente.

– Não fio, o véio sabe interpretá a aura dos fios. O véio sabe o que acontece com os fio. Os fio que parece que não tem fé nas coisa. O fio precisa ter fé pra que as coisa funcione.

– Mas eu tenho fé.

– Mais a fé que o fio tem é a fé daqui. – O preto-velho apontava para a cabeça. – O fio precisa ter a fé que vem daqui. – Desta vez apontou para o peito, mostrando que a fé que estava falando vinha do coração.

Francisco e Jussara ouviam atentamente o que aquela entidade lhes falava, e o preto-velho continuou.

– Sabe fio, a fé não é coisa da razão, a fé é emoção, é sentimento, e vem do coração. Fé num é uma coisa que a gente se programa pra tê, ela nasce de dentro pra fora e não de fora pra dentro.

– Mas eu tenho fé, sou católico, acredito em Deus e...

Não deixando Francisco completar a frase o velho interrompeu.

– Quem disse pro fio, que fé só existe em religião? Fé é acreditá sem a necessidade de se vê em que acredita. A fé que o fio fala que tem, vem dos pais do fio, coisa que aprendeu desde pequeno. O fio acredita em Deus, porque o fio aprendeu a acreditá e respeitá o que os homens chama de Deus, mas o fio não sente Deus dentro do seu coração. O fio diz ser católico, mais há quanto tempo num vai numa igreja ou numa missa?

98 | *Vida que Segue*

– É faz tempo. O senhor falando assim estou começando a acreditar que minha fé é muito fraca.

– Não se recrimine fio, isso faiz parte da maioria dos ser humano encarnado, mais tudo tem seu tempo certo, nada acontece nem antes e nem dispois de quando tem que acontecê.

Francisco e Jussara absorviam tudo que aquela entidade de fala mansa e vocabulário estranho, que mais parecia uma língua antiga, de aparência singela e de um carinho e paciência fora do normal, falava sobre fé. O preto-velho pegou seu cachimbo, deu uma puxada profunda e soltou a fumaça, que envolveu os dois, sem que a fumaça os fizesse tossir ou lhes causar algum mal-estar. A fumaça que saia daquele cachimbo era perfumada e parecia deixar o casal mais relaxado.

O velho continuou.

– Os fios tão aqui em busca de ajuda pra combatê a doença, né?

– É sim senhor. Precisamos de ajuda para tentar acabar com a doença, antes que ela acabe com a gente – falou Jussara.

– Sabe fia, as veiz a gente só óia um lado das coisa, na maioria das veiz só o lado ruim. Os fio precisa aprendê a tirá um aprendizado das coisa que acontece com os fios.

– Mas como vamos tirar uma coisa boa ou aprendizado de uma doença que ainda não tem cura e pode me tirar o meu bem mais preciso, minha esposa – falou Francisco meio contrariado com o que a entidade falara.

– Tudo na vida fio, tem seu lado bom e seu lado ruim. Precisamo retirá as coisa boa de tudo que acontece. Eu sei que o fio anda nervoso pelo acontecido, mais precisa sabê lidá com a dor e aproveitá todos os momento como se fosse o último, aproveitá com intensidade, porém nunca esquecendo que o plantio é livre, mais a colheita é obrigatória.

– O que o senhor quer dizer com isso?

A busca por uma cura alternativa | 99

– Quero dizê fio, que os fios tem que vive a vida com intensidade, mais sem exagero, sem fazê o mal ao próximo. Vivê a vida com amor, um amor fraternal. Amá a vida enquanto ela ainda tá diante do seus óios. E quando o véio fala da vida, é a vida na carne, pra aprendê e evoluí, corrigí os erros e vivê em paiz consigo mesmo. Pois a vida do espírito é eterna e continua mesmo após os fios deixá este planeta e este corpo que os fios usa.

Jussara ouvindo tudo aquilo, sentia que sua alma e seu coração iam acalmando e o medo da doença ia aos poucos desaparecendo.

– Senhor, queria lhe fazer uma pergunta – falou Jussara.

– Diga fia.

– Essa minha doença. Eu vou conseguir resistir a ela e ter uma vida normal?

– Fia o futuro a Deus pertence. O véio não tem autorização pra falá este tipo de coisa, mais posso dizê que se tivé fé, a fé que vem do coração... – O preto-velho olha para Francisco, depois retoma a conversa. – Tudo é possível. Basta acreditá. Pode sê que as coisa num aconteça da forma que os fios qué, mais com certeza, acontecerá o que tivé que acontecê e pode ter certeza fia, nada acontece por acaso, tudo na vida tem o seu porquê.

Francisco se mostrava insatisfeito com o que ouvia, pois não era aquela resposta que fora buscar. As incertezas ainda tomavam conta de seus pensamentos, porém Jussara se sentia mais confortada com aquelas palavras.

– Então não saberemos se minha esposa ficará boa ou não? – perguntou Francisco com ar contrariado.

– Fio, tenha fé. Na Umbanda nós num faiz milagre, não é esse o nosso trabaio. Na Umbanda a gente ajuda os fios a se reequilibrá energeticamente, ajuda os fios revê seus conceito e com isso a melhora aparece, a cura aparece, mas de nada adianta qualqué tipo de mandinga se os fios não acredita ou se não qué ser ajudado. A maior cura ou o maior milagre dos fios tá dentro doceis mesmo, mais muitas veiz, os fios precisa ouvi de outros pra fazê uma mudança nas suas vida. Muitas veiz os fios precisá de um trabaio, de uma mandinga, de uma macumba, como os fios fala, pra começá a mudá a forma de pensá. A magia existi fio, nós trabaia com a magia branca, a magia do bem, mas nada disso tem resultado, se os fios não tiverem fé.

Jussara sentia que sua consulta chegara ao fim e estava satisfeita com tudo que ouvira. Já Francisco estava incrédulo e desiludido por não sair dali com uma fórmula milagrosa que faria sua mulher se curar do dia pra noite.

– O véio já falô pros fio o que precisava, agora os fios precisa entendê tudo que o véio falô e começá colocá em prática.

– Muito obrigada por suas palavras – Jussara beijou a mão da entidade ali na sua frente incorporada naquele médium e se despediu.

Francisco apenas se levantou e saiu sem despedir, não estava satisfeito com o que ouvira durante a consulta.

Quando os dois chegaram ao local destinado a assistência (pessoas que não fazem parte da corrente mediúnica) daquele terreiro, Jussara perguntou ao marido.

– O que você tem meu amor? Nem se despediu da entidade que estávamos conversando.

– Achei que foi perda de tempo vir até aqui. Não tive as respostas que queria ouvir.

– Preste atenção no que você acabou de falar meu amor. Não podemos esperar que um milagre aconteça só porque viemos aqui, precisamos ter fé e lutarmos de pé, contra o nosso problema.

A busca por uma cura alternativa | 101

– Desculpe, mas eu esperava algo que pudesse me dar um pouco mais de força e esperança.

– Você não prestou atenção no que aquela entidade falou? Eu saí dali muito bem, tranquila e mais forte, pronta para o que tiver que acontecer, mesmo que isso não seja o que esperamos.

– Não fale isso, não vou conseguir viver sem você do meu lado e não quero nem pensar nessa possibilidade.

– Relaxe meu amor, tudo vai dar certo.

Jussara achou melhor encerrar aquela conversa, pois notou que seu marido estava um pouco inconformado por não ter conseguido uma solução para o problema que estavam passando.

A gira se encerrou e o casal foi se despedir de Marisa que havia se colocado à disposição deles para qualquer esclarecimentos.

– Marisa nós já estamos indo – falou Jussara

– Gostaram da visita a nossa casa? – perguntou Marisa.

Francisco ia responder, mas Jussara se adiantou.

– Gostamos sim, por mais que Francisco não tenha ouvido o que ele queria, para mim foi muito bom ter vindo aqui hoje.

– Que bom! Voltem quando quiserem, sempre serão bem vindos.

Francisco e Jussara não conversaram durante todo o percurso até em casa, ela estava em êxtase pelas palavras sabias daquele preto-velho, mas Francisco ainda estava inconformado por não ter conseguido o que fora buscar, mal sabia ele que aquelas palavras iriam entrar em sua cabeça e não sairiam nunca mais e, na hora certa, ele iria poder usar aquilo que ouvira.

Já em casa Jussara quebrou o silêncio que os acompanhou durante todo o trajeto.

– Você está bem meu amor?

– Estou.

– E por que ainda está com essa cara angustiada?

– Não é nada meu amor, apenas um pouco cansado.

– Tem certeza que é apenas cansaço?

– Sim. Talvez um pouco frustrado por não termos conseguido algo para lhe ajudar em sua cura. Acho que foi tempo perdido termos ido àquele lugar.

– Não foi tempo perdido meu amor. Aprendi bastante com aquela entidade e estou me sentindo até um pouco mais leve e mais forte para encarar o que tiver que acontecer.

– Que bom que lhe trouxe um pouco de paz. Acho que amanhã estarei melhor e tudo ficará bem. Vamos dormir? Já está tarde.

– Vamos sim meu amor.

Jussara abraçou o marido, lhe beijou delicadamente e foi trocar suas roupas.

A piora

Jussara já estava na sua terceira semana de quimioterapia. Os efeitos colaterais do tratamento já eram visíveis, os cabelos começavam a cair, o mal-estar era aparente, assim como a perda de peso.

Francisco por sua vez estava cada dia mais preocupado com o estado de saúde da esposa, sentia que nada do que fazia surtia efeito contra aquela doença que era implacável.

– Como está se sentindo hoje meu amor?

– Dentro das possibilidades estou bem, minha alma e meu coração estão tranquilos, só o meu corpo que ainda sofre com esta doença, mas estou bem.

– Quer fazer algo diferente, já que hoje você não tem sessão de quimioterapia?

– Acho que não meu amor, estou um pouco indisposta. Você vai ao escritório hoje?

– Não. Mais tarde ligo para meu pai e vejo como estão as coisas por lá.

– Queria lhe pedir uma coisa meu amor e gostaria que fizesse por mim.

– O que você quer meu amor?

– Não abandone sua vida por causa da minha. Não pode deixar de viver e abandonar todos os nossos projetos, isso vai fazer mal a você.

– A coisa mais importante que tenho na vida é você e já que não consigo acabar com essa doença que aos poucos a está roubando de mim, quero aproveitar o máximo possível ao seu lado.

Francisco não conteve a emoção e as lágrimas rolaram de seus olhos. Jussara vendo o sofrimento do marido o abraçou e também não conteve as lágrimas, apenas sussurrou carinhosamente em seu ouvido.

– Mesmo que eu me vá, sempre estarei com você. Nossos corações estão ligados para sempre. Eu te amo mais que tudo nessa vida.

– Não sei se vou suportar viver sem você ao meu lado. Você é meu porto seguro.

– Consegue sim. Você é forte e sempre me deu força para resistir, agora é a sua vez de dar força a si próprio.

– Vou tentar, mas está muito difícil aceitar que posso perder você.

– Calma meu amor, eu ainda estou aqui e queria lhe pedir outra coisa.

– O que você quiser.

– Gostaria de ir outra vez naquele terreiro de Umbanda. Hoje tem sessão lá.

– Mas meu amor. Você está fraca, precisa descansar, a sessão acaba tarde. Além do mais, ir até lá da última vez não nos ajudou em nada.

– Faça isso por mim. Preciso recarregar as minhas energias e tranquilizar minha alma.

– Está bem. Se você faz questão então vamos.

– Mas eu queria também pedir outra coisa.

– Pode falar.

– Queria que fosse de coração e mente aberta para escutar melhor o que as entidades nos dirão. Não se feche ao novo e nem duvide do que será dito. Isso pode me ajudar muito e também a você a compreender melhor as coisas da vida.

– Está certo. Vou tentar aceitar o que dirão.

– Não quero que simplesmente aceite porque estou pedindo, apenas quero que ouça com a alma, sem preconceito.

Francisco abraçou a esposa por um longo tempo e depois lhe falou.

– Eu te amo. Você me surpreende a cada dia que passa, se mostrando uma mulher forte e madura.

– Você que me ensinou isso.

Os dois ficaram por um bom tempo em pé na sala aproveitando aquele momento único em suas vidas.

Naquela noite estavam os dois no terreiro, porém Marisa não estava lá, dessa vez não teriam o acompanhamento de ninguém e teriam que agir por conta própria. Jussara ao entrar no terreiro foi logo procurar quem estava marcando as consultas, queria deixar seu nome e do marido, achou melhor manter a consulta em conjunto, assim poderia amparar Francisco se fosse necessário.

Jussara estava linda, colocara um vestido estampado, bem despojado, que não marcava seu corpo, mas a deixava exuberante, um lenço amarrado denunciava que raspara a cabeça, pois o efeito do tratamento já tinha causado a queda de boa parte de seu cabelo. Apesar de sua expressão abatida, sua luz naquele momento era intensa, o sorriso em seus lábios mostrava que aquela mulher era forte mesmo passando por tão sério problema. Era admirável a força e a alegria que ela transmitia.

A gira transcorria normalmente e logo chegou o momento da consulta de Francisco e Jussara. A moça que estava responsável por chamar as pessoas para a consulta chamou o casal.

– Somos nós – falou Jussara já se levantando e trazendo o marido ao seu lado.

106 | *Vida que Segue*

– Por favor, me acompanhem.

A moça levou-os até a frente de um médium incorporado, e por coincidência era o mesmo que haviam se consultado há tempos atrás e mais coincidência ainda, era que a entidade era a mesma. Eles se sentaram e cumprimentaram o preto-velho que logo perguntou:

– Como os fios tão? O fio já tá menos inconformado de não ter conseguido uma receita milagrosa da última veiz?

Já havia passado mais de um mês desde a última vez que estiveram ali, Francisco ficou abismado por aquela entidade ainda lembrar-se de como ele havia se comportado, considerando que era grande o número de atendimento naquele terreiro e não permitiria que o médium se lembrasse especificamente de sua consulta.

– O senhor não se esqueceu de nossa primeira vez aqui? – perguntou Francisco.

– O véio só esquece aquilo que é pra ser esquecido.

Nesse momento o preto-velho pegou seu cachimbo, deu uma puxada longa, fazendo a brasa avermelhar, soltou a fumaça que mais uma vez envolveu seus consulentes e continuou.

– A fia parece que aprendeu tudo o que o véio disse da outra veiz e tá com uma aura bunita, uma energia boa.

– Aquelas palavras me fizeram compreender melhor o sentido da vida, acalmou minha alma e meu coração.

– Já o fio, ainda tem aquela pontinha de dúvida sobre a espiritualidade e a sua própria fé.

– Estou tentando mudar meus conceitos, mas ainda está difícil com os problemas que venho passando.

– Fio a solução de todo problema, tá dentro docê mesmo, basta o fio começá a ouví seu coração e interpretá mió os sinal que se mostra pro fio.

A piora | 107

– Acredito que um dia tudo isso faça sentido para mim.

– Espero que num seja tarde quando isso acontecê – respondeu o preto-velho.

– Ele é um bom homem meu velho e acho que vai se sair bem – disse Jussara.

– Fia, o moço tem bom coração, mas parece que se esqueceu disso e deixou ele endurecer um pouco, mas isso é normal devido o que tão passando.

– Não está sendo fácil aceitar que posso perder a coisa mais importante da minha vida.

Francisco não se conteve e mais uma vez as lágrimas desceram pelo seu rosto.

– O fio precisa ser forte e num deixá se abatê. A fia precisa ainda muito docê. Sabe fio, quando aceitamos que a vida não acaba quando a gente desencarna, tudo fica mais fácil. O fio tem que sabê que a dor dói, mas o sofrimento é uma questão de querê. A saudade dói, mas o fio não precisa sofrê por causa dessa saudade. Transforme essa dor, essa saudade que pode chegá, em lembranças boas que tudo fica mais fácil.

– Eu compreendo o que o senhor diz, mas na prática não é tão simples, parece que não tenho domínio sobre meu coração e meus sentimentos. Quando lembro que aos poucos estou perdendo a mulher que amo, parece que um pedaço de mim é roubado.

– O véio entende o sofrimento do fio, mais o fio precisa entendê também que precisa buscá força lá no fundo pra resistí e ajudá a fia. A fia vai precisá que ocê seja forte, pra ela num sofrê dispois.

– Prometo ao senhor que farei o máximo para me manter o mais forte possível.

– O véio vai prometê uma coisa pro fio. O véio vai tá sempre perto do fio pra o que ocê precisá. O que o fio vai tê que fazê é só pensá no véio e me chamá com o coração, que o véio vem ajudá.

– Obrigado meu velho, me lembrarei disso.

– Só pra cabá nossa proza de hoje, o fio vai tê uma surpresa uma noite dessas dispois que durmi, mas não fique ansioso, pois isso atrapaia.

– Que surpresa?

– É surpresa fio, se o véio contá não é mais surpresa.

O preto-velho antes de se despedir do casal se levantou e caminhou em direção as costas de Jussara, limpou sua aura e reequilibrou suas energia para que ela se sentisse mais forte do que estava. Jussara apesar de se mostrar firme, estava com as energias desalinhadas, não era fácil ser forte o tempo todo com aquela doença lhe consumindo a cada minuto. Depois o preto-velho foi à frente de Francisco e fez o sinal da cruz em sua testa. De imediato Francisco sentiu uma paz interior e aquela angustia toda se dissipou.

– Agora o véio já cabou o que precisava fazê. Vão fios, e que nosso pai Oxalá acompanhe e guie ocês.

– Muito obrigado – falou Francisco. – Estou me sentindo bem melhor de que quando cheguei aqui.

Jussara olhou para o marido com cara de espanto, porém com alegria por ter ouvido aquelas palavras dele.

– Fio só mais uma coisa. Lembra das palavras deste preto-véio aqui, elas vão ajudá muito ocê. E fia, se precisá de ajuda é só chama com o coração. Não precisa chamá por esse véio aqui, mais lembrá de pedir ajuda quando precisá.

– Pode deixar, vamos nos lembrar de tudo.

Jussara e Francisco se levantaram e saíram.

A volta para casa desta vez teve outro desfecho, Francisco parecia outro homem, bem diferente daquele dos últimos meses. Estava mais forte e tranquilo. Conversaram durante todo o caminho até em casa.

No dia seguinte logo cedo, Jussara e Francisco estavam no consultório do Dr. Roberto. Jussara havia feitos novos exames e a consulta era para saber de seus resultados.

– Bom dia doutor! – falou Francisco.

– Bom dia! Como vocês estão?

Desta vez foi Jussara que respondeu ao médico.

– Um pouco ansiosos para saber do resultado dos exames.

– Bom Jussara, antes de vocês chegarem eu estava dando uma examinada em seus exames e as notícias que tenho não são animadoras.

Francisco arregalou o olho e não se conteve.

– O que aconteceu doutor?

– O câncer fez metástase e se espalhou por outros órgãos.

– Isso quer dizer que não tem cura? – perguntou Jussara.

– Não. Isso quer dizer que o seu quadro se complicou Jussara.

– E todo o tratamento que ela fez até agora, não serviu de nada? – indagou Francisco.

– Calma meu amor. Deixa o doutor explicar – disse Jussara pegando a mão do marido.

– Vejam, essa doença ainda é muito complicada e não possui certeza de cura, são envolvidos muitos aspectos e às vezes não depende apenas de tratamento ou da boa vontade do paciente de lutar contra a doença.

– Doutor o senhor acha que devo continuar com a quimioterapia? – Jussara se antecipou ao marido para perguntar o que mais lhe importava naquela hora.

– Sempre há uma esperança Jussara, abandonar o tratamento não ajudará em nada. Mas isso é uma decisão que só você pode tomar.

– Está certo doutor. Vou pensar o que vou fazer.

Francisco ia falar, mas Jussara com olhar o impediu e continuou.

– Muito obrigada por tudo até agora doutor, assim que tomar minha decisão eu comunico ao senhor.

– Está bem. Se precisarem de qualquer coisa sabem onde me encontrar.

Francisco e Jussara se despediram do médico e voltaram para casa. O silêncio tomou conta daquele carro.

Quando chegaram Francisco perguntou.

– Você não pretende parar o tratamento, não é?

– Ainda não sei. Não sei o quanto vale eu continuar sofrendo com os efeitos colaterais, mesmo sabendo que não surtirá efeito.

– Mas não podemos desistir, temos que continuar lutando. Enquanto tiver vida, terá esperança.

– Meu amor, vamos ser sinceros, nós sabemos qual é o meu fim e sabemos também que a hora está chegando. Não sei se quero sofrer até o fim. Quero viver um pouco sem o mal-estar que este tratamento me causa.

– Mas...

Francisco ia falar, porém Jussara colocou o dedo sobre seus lábios o impedindo de continuar.

– Vamos aproveitar estes momentos que me faltam, pelo menos na hora de partir eu vou feliz.

O último adeus

Durante todo aquele dia Francisco tentava se conformar com o que aparentemente não teria jeito. Sua amada estava condenada à morte, e ele não poderia fazer mais nada para evitar o pior. Aceitaria a decisão da esposa de parar com o tratamento e aproveitar seus últimos dias de vida para realizar coisas novas e não sofrer com os efeitos colaterais? Ou insistiria no tratamento e prolongaria o sofrimento de Jussara sem ter a certeza de que aquilo a manteria viva por mais algum tempo? Os questionamentos eram grandes na cabeça de Francisco.

Jussara passara a tarde toda deitada, ainda sentia os efeitos do tratamento que lhe roubavam suas forças. Francisco permanecia na sala diante do notebook respondendo e-mails e pensando em tudo que a esposa falara e nas palavras do preto-velho.

A noite estava caindo quando Jussara interrompeu a concentração de Francisco.

– Oi amor!

– Oi! Descansou?

– Sim. Este sono da tarde me fez bem, inclusive acordei com muita fome. O que acha de sairmos para jantar?

– Acho uma ótima ideia. Quer ir aonde?

– Em um restaurante japonês. Faz tempo que não vamos comer comida japonesa.

112 | *Vida que Segue*

– Seu pedido é uma ordem meu amor. Vamos a um restaurante japonês. Pode se preparar que vamos sair para nos divertir.

– Vou tomar um banho e me arrumar.

– Está bem. Vou só terminar de responder estes e-mails e passar algumas determinações para Marisa e já vou me arrumar.

– Que bom que você está se preocupando com a nossa empresa e abandonou aquela cara de derrotado que não combina com você.

– Passei toda a tarde pensando no que você falou e nas palavras do preto-velho. Resolvi que vou mudar e seguir o que me pediu. Pesquisei algumas coisas sobre espiritualidade e o pós-morte.

– Que bom ver você descobrindo novos horizontes. Você pensou no que pedi?

– O quê?

– De eu parar com o tratamento?

– Isso é uma decisão mais difícil, mas vou pensar com carinho. Agora vá se arrumar, não vamos falar de problemas hoje, vamos aproveitar essa noite maravilhosa que está se apresentando para nós.

Durante todo o jantar, Francisco e Jussara só conversaram coisas que não os lembrariam da doença e dos problemas que estavam passando juntos. Conversaram sobre espiritualidadee recordaram de quando se conheceram. Aquela noite os dois iriam esquecer tudo que pudesse remeter a tristeza e apenas aproveitariam a companhia um do outro.

Os dias foram se passando e apesar da doença se mostrar evidente em Jussara, ela estava forte, estava decidida a aproveitar cada momento de sua vida como se fosse único. Francisco tentava não demonstrar sua tristeza diante da esposa que escolhera viver o tempo que ainda lhe restava, sem a influência dos efeitos colaterais de um tratamento que agredia muito seu corpo.

Por alguns meses conseguiram criar momentos de alegria e intimidade que seriam eternizados. Sabiam que tudo aquilo um dia iria acabar, mas determinaram que fosse eterno enquanto durasse. Mas a doença era implacável e a falta do tratamento permitiu que se espalhasse para outros órgãos, causando crises que deixavam Jussara irreconhecível. Toda aquela força demonstrada por aquela mulher ia se esvaindo a cada dia que se passava.

Francisco acordou com sua esposa se contorcendo de dor.

– O que houve meu amor?

– Não estou bem. Estou com muita dor.

– Vou ligar para o Dr. Roberto.

Francisco se levantou, ligou para o médico e em algumas horas, Jussara e o marido estavam em um hospital que o médico fazia plantão.

– Oi Francisco!

– Oi doutor!

– Olá Jussara!

Jussara apenas acenou com a cabeça, já não tinha forças nem para responder ao médico.

Francisco desesperado com o estado da esposa implorou ao médico.

– Doutor, ajude minha esposa. Hoje a crise está mais violenta e a dor tomou conta de todo seu corpo.

O médico chamou alguns enfermeiros e determinou algumas ordens. Em poucos instantes, Jussara já estava em um leito hospitalar sendo medicada. Coleta de sangue e radiografias foram feitas para ver a gravidade do estado daquela mulher.

– Francisco aguarde aqui, assim que os exames estiverem prontos venho conversar com você.

114 | *Vida que Segue*

– Eu não posso ficar com ela?

– Nesse momento não. Ela foi encaminhada a uma unidade de terapia intensiva. Assim que puder libero sua visita.

– Está certo doutor.

Francisco sentou em uma das poltronas na sala de espera daquela unidade do hospital e desabou a chorar. Sabia que o fim estava próximo e não poderia fazer nada para evitá-lo.

Foram algumas horas de espera. Francisco estava com seus pensamentos longes. Buscava nas lembranças todos os momentos vividos juntos, desde o acidente na porta da faculdade, até os últimos dias que tiveram de alegria, quando o Dr. Roberto lhe chamou tirando-o de seus devaneios.

– Francisco.

Ele demorou a responder ao médico, seus olhos vidrados demonstravam que só seu corpo estava ali, mas seus pensamentos estavam longe.

– Francisco – chamou mais uma vez o médico.

– Oi doutor. Desculpe, parece que estava muito longe. Como está Jussara?

– O caso dela é grave. A doença já se espalhou e alguns órgãos já não estão funcionando corretamente. Ela está sedada e com aparelhos monitorando tudo.

– Ela vai morrer não é doutor?

O médico não sabia o que responder a Francisco, mas sua expressão evidenciava a resposta que tanto Francisco tentava afastar de sua cabeça.

– Jussara está muito fraca. Vamos fazer tudo que estiver ao nosso alcance para que ela não sofra.

Francisco deixou seu corpo cair na poltrona, colocou as mãos na cabeça, abaixou-a até os joelhos e se entregou a um pranto dolorido. O médico tentou consolá-lo, mas não sabia o que dizer em uma hora daquela. Apenas olhou para um enfermeiro e pediu que trouxesse um calmante para tentar aliviar um pouco a dor daquele homem que sofria com a situação.

– Tome este calmante Francisco, isso vai deixá-lo melhor.

– Não quero calmante doutor, quero apenas minha esposa.

– Você precisa se acalmar. Não pode ir ver a Jussara nesse estado, isso só a deixaria mais triste.

Francisco se levantou de uma só vez ao ouvir o que médico acabara de falar.

– Já posso vê-la?

– Solicitei que ela fosse levada a um quarto e fosse monitorada lá. Assim você poderá ficar com sua mulher mais tempo. Assim que estiver tudo ajeitado mando lhe chamar.

– Obrigado doutor.

Francisco voltou a se sentar, enxugou as lágrimas de seu rosto e tentou buscar forças de onde já não imaginava que existia, não podia transparecer todo seu desespero. Lembrou-se que havia feito um pacto com Jussara. Não iria chorar quando chegasse a hora, ele a deixaria partir em paz.

Buscando suas últimas forças levantou-se e foi ao banheiro passar uma água no rosto e melhorar a aparência, assim quando fosse encontrar sua esposa não demonstraria sua fraqueza.

De volta à sala de espera um enfermeiro o aguardava.

– Seu Francisco?

– Sim.

– O senhor pode me acompanhar? Vou levá-lo até o quarto onde está sua esposa.

– Obrigado.

Francisco acompanhou o enfermeiro até o quarto onde Jussara fora colocada. Ao abrir a porta, os barulhos dos equipamentos que a monitoravam eram incessantes, apesar de um volume baixo, parecia que entravam pelos ouvidos de Francisco e batiam em seu coração.

Aproximou-se da cama e viu que a esposa ainda dormia sob efeito dos remédios para aliviar a dor. Pegou sua mão e a acariciou puxando-a mais perto dele. Francisco tentava de todas as maneiras não deixar que suas emoções viessem à tona, mas logo as lágrimas começaram a rolar pelo seu rosto em um choro silencioso, porém muito dolorido.

Jussara estava ali imóvel e parecia que nenhuma dor nem sofrimento faziam parte daquele ser. Francisco ficou admirando a esposa e tentando afastar de sua mente que ela estava partindo e não notou a entrada do médico no quarto.

O médico tocou no ombro de Francisco e o chamou para conversar do lado de fora do quarto.

– Vamos tomar um café? Precisamos conversar.

– Doutor, não queria deixá-la sozinha.

– Fique tranquilo ela está sendo monitorada e qualquer emergência uma equipe estará aqui em poucos segundos. Não vamos nos demorar.

– Está bem.

Francisco acompanhou o médico até a lanchonete do hospital em silêncio. Tinha medo de perguntar o que não queria ouvir.

Já acomodados a uma mesa, o médico começou a falar.

– Francisco, você terá que ser forte, Jussara não resistirá por muito tempo. A doença se espalhou e ela não está respondendo a medicação, ela está sendo mantida sedada para que não sofra.

– E não tem nada que possamos fazer?

– Infelizmente não. Eu sinto muito.

Francisco permaneceu em silêncio por alguns instantes, tomou o café e depois falou:

– Está certo doutor. Sabíamos que isso um dia iria acontecer e fiz uma promessa a minha esposa. Quando chegasse o momento da partida, prometi que ficaria ao lado dela até o último instante. Por isso doutor, me dê licença, preciso cumprir com minha promessa.

Francisco se levantou da mesa e voltou para o quarto deixando o médico ainda sentado, porém antes que Francisco se afastasse, o médico o pegou pelo braço e disse.

– Vou tirá-la da sedação, assim você terá condições de conversar com ela.

– Obrigado doutor.

Aos poucos Jussara foi acordando e ao abrir totalmente os olhos Francisco estava ao seu lado.

– Oi meu amor – Jussara estava muito fraca e sua voz saía como um sussurro.

– Olá minha querida. Não faça esforço para falar – falou Francisco. Jussara sorriu levemente, começava a despertar daquele sono que havia lhe poupado da dor. – Nossos pais já estão chegando viu. Agora não faça muito esforço, você ainda está muito fraca.

Jussara consentiu com a cabeça e pegou a mão do marido, trazendo-a para seu peito.

– Que bom que você está aqui comigo – falou Jussara.

– Você sabe que sempre estaremos juntos, mesmo quando não estiver mais aqui. Nunca a esquecerei.

Jussara vendo que o marido não conseguia conter as lágrimas deixou escapar pelo canto de seus olhos suas próprias lágrimas, porém sorriu para o marido e respondeu.

– Eu também nunca esquecerei você, meu amor.

Aquele momento foi interrompido quando os pais de Francisco e Jussara entraram no quarto. A mãe de Jussara se aproximou da filha, passou a mão pelo seu rosto e disse a ela.

– Mamãe está aqui agora, tudo vai ficar bem.

Jussara sorriu e acariciou a mão da mãe.

Francisco em outro canto do quarto passava aos seus pais e ao pai de Jussara a real situação. Margarete não conteve as lágrimas, os dois homens se mantiveram firmes, porém com um semblante de tristeza.

A visita a pacientes naquele estágio da doença era curta, para evitar muito desgaste emocional por parte do enfermo, portanto logo todos foram embora, permanecendo apenas Francisco.

Sozinhos no quarto, Francisco se acomodou na poltrona ao lado do leito de sua esposa, pegou em sua mão e adormeceu junto a ela. O cansaço dos últimos dias e principalmente das últimas horas fez com que Francisco se entregasse ao sono.

Logo ao entrar em sono profundo, Francisco se vê diante de uma figura que jamais havia visto tão perto e tão real. Um homem negro, de roupas simples e semblante sereno, corpo arcado para frente, se apoiando em uma bengala de madeira, feita com um pedaço de um galho de árvore. Sua voz mansa fez tocar o coração de Francisco que de imediato lembrou quem estava à sua frente.

– Salve fio.

– Salve meu velho. O que o senhor faz aqui? O horário de visita já acabou. Como conseguiu entrar a essa hora? Como sabia que estávamos aqui?

– Calma fio. Tantas pergunta. O véio vai explicá tudo pro fio.

– Acho bom, porque não estou entendendo nada.

– Fio olhe pra trás.

Francisco se virou lentamente e viu seu corpo imóvel na poltrona.

– O que está acontecendo? Eu morri? – O desespero tomou conta daquele homem.

O último adeus | 119

O velho temendo que o desespero de Francisco atrapalhasse sua comunicação tocou levemente sua mão na testa do rapaz, fazendo de imediato com que ele se acalmasse.

– Agora vamô conversá.

– O que o senhor fez?

– Só acalmei o fio pra podê ouví esse véio.

Francisco nada respondeu, apenas se manteve atento ao que aquele velho homem lhe falava.

– Fio, ocê tá em desdobramento. Isso ocorre quando o corpo descansa e o espírito se liberta desta armadura de carne. Porém nem todo fio se lembra do que acontece. Desta veiz o fio vai lembrá de tudo, pois será importante pro fio.

– O que será importante? O senhor é a entidade que conversávamos no terreiro?

– Isso fio, sou Pai Jacobino. O fio tá passando por um momento que ainda é muito difícil pros fios encarnado. A dor é grande, pois os fios não sabe, e os que sabe ainda não acredita de verdade, que a vida continua. O véio tinha prometido que o fio ia tê uma surpresa quando durmisse, e aqui tô eu pra confortá o fio nesse momento difícil.

Francisco continuava com sua atenção voltada para aquela entidade que estava em seu sonho.

O preto-velho deu uma puxada forte em seu cachimbo e soltou a fumaça, quando Francisco ameaçou reclamar tudo a sua volta mudou.

– O senhor não pode fumar...

Francisco estava em um lugar tranquilo, com um grande gramado verde, com árvores frondosas, pássaros cantavam e a energia do local era sublime, trazia muita paz e tranquilidade.

– O que o fio tava dizendo?

– Onde estamos? Que lugar é esse? Preciso voltar para o hospital.

– Fio, podemo dizê que aqui é um lugá onde os espírito vêm pra meditá e buscá uma paiz interior elevando seus pensamento ao nosso Criadô.

– Aqui é o paraíso?

– O paraíso e o umbral tão dentro de cada um, os dois lugar são forma de pensamento que criamo, a partí de nossa culpa, nosso medo, nossa alegria e nossa tristeza.

– Isso tudo é muito confuso.

– Calma fio, tudo com o tempo será compreendido e vai clareá os pensamento do fio.

Antes que Francisco persistisse com sua lista de perguntas, o preto-velho continuou.

– Fio, o véio veio até aqui para trazê um pouco mais de conforto procê. O fio já sabe que a hora da fia tá chegando, e esta hora só tá chegando porque a fia já cumpriu a missão dela nessa vida. Então o fio não deve ficá triste com a partida da fia.

– Mas é tudo muito difícil. Não sei se vou conseguir levar minha vida sem ela do meu lado.

– O fio é forte e vai resistí e caso o fio se perca no meio do caminho é só chamá pelo véio, que eu vô tá lá pra ajudá o fio. Só precisa lembrá que o mais importante é o amor, a compaixão, a humildade e a caridade. Nada nessa vida é pra sempre, os fios veio a este planeta pra cumprí uma missão, buscá a evolução e tudo isso tem prazo, uma hora todos vão retorná, alguns pra um lugá mió e outros pra um lugá onde suas escolha vão levá ocês. Eu sei que tudo isso pro fio ainda é muito complicado de entendê, mas com o tempo o fio vai amadurecê e vai compreendê tudo que o véio tá falando. Agora o que ocê precisa sabê é que quanto mais o fio sofrê pela partida da fia, quanto mais o fio prendê a fia neste mundo, mais difícil vai sê a passage da fia.

O último adeus | 121

– Mas o que faço para que esta passagem não seja difícil?

– Basta que o fio aceite a partida da fia, isso não qué dizê que ocê deve esquecê a fia, mais tem que apenas lembrá com carinho, com amor e pedi pra almas caridosa auxiliá a fia na passage dela, pra ela podê dispertá logo e ser resgatada.

– Estou muito confuso com o que o senhor está falando, mas me esforçarei para ajudá-la mesmo depois de sua partida.

– Muito bem fio. Mais este mistério todo, em breve, será revelado ao fio e tudo ficará mais claro.

Dito isto o preto-velho tocou mais uma vez na testa de Francisco e seu espírito voltou a seu corpo.

Francisco acordou minutos após seu espírito voltar a seu corpo, tudo que havia passado estava ainda muito vivo em suas lembranças. Seu semblante não era mais de desespero e tristeza pela perda, apenas um sentimento de saudade ainda fazia parte de seu coração. Ele se levantou, olhou para sua esposa e acariciou seu rosto.

Ao sentir o toque da mão do marido, Jussara despertou, encostou mais seu rosto na mão de Francisco sorriu e disse.

– Tive um sonho lindo.

– Eu também. O meu sonho me fez compreender algumas coisas e deu mais tranquilidade à minha alma.

– Que bom meu amor.

Francisco sorriu e beijou a esposa na testa. Jussara com um olhar singelo e tranquilo olhou para o marido e falou.

– Nós sabemos que minha hora está chegando e quero dizer que você estará sempre em meus pensamentos e no meu coração. Nunca se esqueça disso.

– Eu sei disso meu amor – Francisco tentava segurar a emoção.

– Eu queria lhe fazer um pedido.

– Pode pedir o que quiser minha querida.

– Quero que continue a viver e nunca se entregue. Sempre estarei olhando por você.

– Não sei se vou conseguir cumprir esta promessa.

– Eu sei que vai. Você é forte e fará isso por mim. Quero que continue sempre em pé e viva a vida, pois ela é muito preciosa, e merece ser vivida.

– Está bem meu amor. Agora descanse e guarde suas forças.

– Pode ficar tranquilo, meu amor estou bem – disse isso e dormiu novamente.

Os pais de Jussara e Francisco se revessavam nas idas ao hospital, Jussara passava boa parte do tempo sonolenta devido aos remédios que estava tomando para evitar a dor, no momento Francisco estava sentado na poltrona ao lado do leito da esposa. Estava de mãos dadas com ela, quando sentiu que Jussara pressionara sua mão levemente soltando-a em seguida. Ele se levantou assustado, Jussara havia lhe deixado, sua hora havia chegado e aos poucos seu espírito ia se desprendendo do que foi seu corpo durante sua existência nesta vida. Francisco começou a chamar por sua esposa, que não respondia e nem dava sinal de estar apenas dormindo. Acionou o botão de emergência e logo estavam naquele quarto dois enfermeiros e um médico. Francisco se afastou para que pudessem dar o atendimento, mas já sabia que havia chegado ao fim à existência de sua amada naquela vida. Lágrimas rolaram de seus olhos mais uma vez em um pranto silencioso. Francisco sentiu seu coração despedaçar, um buraco se formava em seu peito.

Depois de todos os procedimentos de emergência, o médico se virou para Francisco e deu a notícia que ele menos queria ouvir.

– Fizemos tudo que estava ao nosso alcance, porém ela não resistiu.

– Obrigado doutor – Francisco respondeu com a voz trêmula.

A equipe médica saiu do quarto para providenciar a remoção do corpo e posteriormente liberá-lo. Francisco se aproximou do corpo da esposa, se curvou sobre ele, beijou seus lábios que já estavam perdendo a temperatura e sussurrou em seu ouvido, na esperança de que ela ainda pudesse ouvir.

– Eu prometo que vou cumprir o que você me pediu, por mais difícil que seja. E por mais que eu caia, vou ter forças para levantar e sei que você vai me ajudar.

O silêncio se fez naquele quarto.

A tristeza tomou conta de familiares e amigos. No velório todos queriam dar o último adeus àquela jovem que gostava de viver a vida e lutou bravamente para que a doença não a vencesse, mas infelizmente, esta ainda é uma doença implacável, fazendo muitas vítimas há muitos anos.

Francisco não se afastava um instante do caixão onde estava o corpo de sua esposa, queria aproveitar os últimos momentos olhando para seu rosto que parecia estar descansando, um descanso merecido. Todos que se aproximavam, falavam palavras de consolo e força ao homem que ali estava muito fragilizado. O grande amor de sua vida havia partido e agora tudo seria diferente, não teria mais aquela mulher forte e incentivadora a seu lado. Agora ele estava se sentindo sozinho, mas teria que resistir fortemente contra todo aquele sentimento de perda que tomava conta de seu ser, pois tinha que cumprir o último pedido de sua amada. Por mais que isso fosse difícil, deveria ser forte e não fraquejar.

No Umbral

Jussara despertou em um mundo totalmente diferente do que estava acostumada e se assustou com o que viu. Um mundo em que seus medos, seus pensamentos e sentimentos se materializavam.

O lugar era assustador, o céu estava sempre encoberto por nuvens espessas que impediam a passagens de raios solares, o terreno era enlameado e sem nenhuma vegetação viva, as poucas árvores que restavam naquele lugar eram secas e tinham aparência escura, como se tivessem sido queimadas em um incêndio. Uma fina garoa caía incessantemente.

Pessoas maltrapilhas e sofredoras andavam sem destino e sem direção certa. Gritos de pavor e dor eram ouvidos a quilômetros. Às vezes, homens a cavalo e vestidos de negro, acorrentavam aqueles mais revoltados e levavam para outras paragens. De vez em quando uma grande luz se fazia ao longe e caravanas de homens de branco resgatavam cuidadosamente alguns transeuntes daquele lugar.

– Que lugar é este? Por que não estou mais no hospital? Cadê o Francisco? – Muitas perguntas rondavam sua cabeça.

Jussara estava encolhida atrás de uma pedra tremendo de medo, com frio e sem forças para se levantar dali. Suas roupas estavam sujas e rasgadas pelo tempo. Ela não sabia quanto tempo já estava naquele lugar insalubre, e quanto tempo ficara desacordada.

126 | *Vida que Segue*

A fome e a sede começavam a lhe incomodar, mas não queria sair dali, tinha medo de sofrer algum tipo de agressão ou se perder, porém teria que reunir forças para procurar comida e água. Tudo parecia um grande pesadelo.

Depois de algum tempo buscando explicações, reuniu coragem no fundo de sua alma e se levantou. Com as pernas bambas ainda, caminhou por longo tempo sem encontrar nada para comer, nem beber. Tentou se aproximar de alguns grupos que se aqueciam diante de fogueiras improvisadas em latões, mas logo era escorraçada e muitas vezes até perseguida. Tentou perguntar para as pessoas que passavam por ela, onde encontraria comida e água, mas todos pareciam alienados e nada respondiam.

Quando já estava desistindo por conta do cansaço, se deparou com um pequeno córrego de água escuro e com um cheiro ruim, mas a sede era tamanha que aquilo não a impediu de tentar saciá-la com aquela água altamente insalubre. Depois de saciar sua sede, levantou-se e quando olhou para trás um grupo de cinco pessoas a observava.

Timidamente Jussara os cumprimentou. Mas não teve uma boa receptividade.

– Olá!

– O que está fazendo aqui no meu riacho?

– Não sabia que era seu. Estava bebendo um pouco de água. Estava com muita sede.

– Então vai ter que pagar. Aqui ninguém bebe da minha água de graça.

– Mas eu não tenho dinheiro. Nem sei onde estou.

Todos deram risadas daquela pobre moça indefesa.

– Coitadinha da lambisgoia. Está perdida e sem dinheiro.

Jussara tentava manter a calma, mas o pavor tomava-lhe o corpo. Tentou argumentar, mas logo foi interrompida.

– Eu...

– Você está encrencada moça. Se não tem como pagar vai trabalhar para mim.

O homem respondeu asperamente e ordenou aos seus comparsas.

– Prendam essa mulher a correntes!

Imediatamente os quatro elementos daquele grupo partiram para cima de Jussara que tentou fugir, porém suas pernas não obedeciam e logo foi ao chão, após levar um empurrão de um dos homens. Tentou reagir, mas não era páreo para aqueles que lhe seguravam enquanto era acorrentada.

– O que vocês querem de mim? – gritou Jussara.

Os homens apenas riam da pobre moça, já acorrentada.

– Socorro! – gritava fracamente por ajuda.

– Não adianta gritar e nem pedir por socorro. Aqui ninguém ouve o que você grita e ninguém vai se meter comigo.

O chefe daquele pequeno grupo se aproximou de Jussara, se agachou e falou olhando em seus olhos.

– Vai me servir de escrava por ter bebido água do meu rio.

Sem se importar com a moça, o homem se levantou e ordenou aos seus comparsas.

– Tragam a infeliz.

Os homens nem esperaram Jussara se levantar e a arrastaram por um bom pedaço, até que ela conseguisse se erguer e continuar caminhando atrás do homem que segurava a corrente.

Mais uma vez Jussara tentou argumentar, mas quando foi falar, tomou um safanão que lhe jogou novamente ao chão.

O Chefe daquele bando se aproximou ergueu a cabeça da moça pelos cabelos e disse.

– Não quero ouvir sua voz e nem suas lamentações, então não fale. Agora levante sem emitir qualquer som e continue a caminhar.

128 | *Vida que Segue*

Jussara obedeceu e os seguiu em silêncio. Estava fraca, com fome e não sabia por mais quanto tempo aguentaria aquela situação, lágrimas corriam por seus olhos em um choro silencioso para não chamar a atenção e ser reprimida de novo.

Depois de caminhar quase uma eternidade, seu algoz resolveu parar e acampar. Jussara não aguentava mais manter-se em pé e desabou, com a queda bateu a cabeça e desmaiou. Os homens prenderam a corrente a uma grande pedra evitando que Jussara tentasse fugir enquanto dormiam.

Quando despertou, Jussara ouviu seu algoz falar aos outros homens.

– Vamos vender esta infeliz a Murdok, ela será mais útil a ele do que virá a ser para nós. Vamos conseguir com essa prenda mais alguns frascos de energia, assim poderemos caçar novos escravos.

Murdok era um mercador de escravos que arrebanhava almas perdidas com a finalidade de trabalharem para a escuridão. Almas que ainda não haviam despertado para sua atual condição.

Jussara ouvia tudo em silêncio, não queria chamar atenção, estava com medo, não sabia do que aqueles homens eram capazes de fazer com ela, mas seu temor aumentou quando um deles perguntou ao chefe daquela gangue.

– Chefe, já que vamos entregá-la para Murdok o senhor podia deixar a gente brincar um pouco com essa infeliz.

– Podem se divertir, mas não estraguem minha mercadoria, não quero que aquele imbecil rejeite a minha oferta.

Com um sorriso de poucos dentes na boca, o homem se levantou e foi em direção a Jussara. Com o pé cutucou a moça que fingiu ainda estar desacordada.

– Acorde sua infeliz. Está na hora de brincarmos um pouquinho.

No Umbral | 129

Vendo que a mulher não se mexia, se abaixou e começou a acariciar os seios dela, enquanto se aproximava de seu rosto para beijá-la. Num momento de desespero Jussara esperou o homem encostar seu lábio nos dela e o mordeu arrancando-lhe um pedaço. O homem gritou de dor e deu um safanão em Jussara.

– Vadia. Eu vou transformar sua pequena existência em um inferno.

Os homens que assistiam a cena começaram a rir da reação da moça e de seu companheiro.

– É braba a mocinha, vai ter que domá-la.

Mais uma vez todos riram inclusive o homem que foi agredido.

– Assim é mais divertido – falou o homem com um sorriso nos lábios.

O homem partiu para cima de Jussara e sem piedade rasgou suas roupas e abusou da pobre mulher. Assim que terminou o que queria fazer com ela, os outros vieram em seguida e também usaram do corpo da mulher para satisfazer seus desejos mais mundanos. Jussara permaneceu imóvel todo o tempo após a agressividade do primeiro homem, pois sabia que não teria chance de resistir. Após ser abusada sexualmente por aqueles homens, ficou largada no chão com as roupas rasgadas e com partes do seu corpo à mostra. Encolheu-se e caiu em choro compulsivo.

Após algumas horas os homens a puxaram pela corrente.

– Levante-se, vamos continuar nossa caminhada.

Jussara se levantou ainda cambaleando, após aquela covardia que sofrera não conseguiu mais pregar os olhos e o cansaço e a fome tomavam conta de seu corpo e sua mente.

A caminhada foi longa e quando chegaram ao seu destino, ela avistou uma grande fila. Homens e mulheres mal vestidos e acorrentados uns aos outros, mais parecendo zumbis do que almas perdidas, esperavam a hora de serem entregues ao tal mercador de escravos.

– Hoje a fila está maior do que o normal – falou o chefe daquela gangue.

– Isso vai demorar chefe.

– Não tem problema, vamos esperar. Essa mercadoria de hoje vai nos render um bom negócio.

Jussara se agachou para tentar descansar, aos poucos começou a lembrar tudo o que havia acontecido. Quando conheceu Francisco, o casamento, a doença, o apoio que recebera do marido, tudo passava como um filme em sua tela mental. Até se lembrar do hospital e de suas últimas palavras ao seu amado.

– Então eu morri e isso aqui é o inferno! – pensou Jussara.

As lembranças começavam a brotar em sua mente, lembrou-se das palavras do preto-velho.

"Fia, se precisá de ajuda é só chama com o coração. Não precisa chamá por esse véio aqui, mais lembrá de pedir ajuda quando precisá."

Jussara fechou os olhos e começou a juntar forças para pedir socorro, um pedido que só espíritos de luz poderiam ouvir.

No fundo do poço

Após o enterro de Jussara, Francisco se despediu de todos e se preparou para retornar a sua casa. Quando estava deixando o cemitério ouviu sua mãe lhe chamar.

– Francisco.

– Oi mãe.

– Você não quer ir lá pra casa e descansar um pouco, depois, com calma, você vai para sua casa.

– Obrigado, mas quero ir para minha casa mamãe. Preciso me acostumar com a ideia que Jussara não estará mais lá para me receber.

– Filho...

Margarete tentou convencer o filho, mas foi interrompida.

– Mãe, eu quero ficar sozinho.

Vendo que não conseguiria fazer o filho mudar de ideia, Margarete desistiu de insistir.

– Se precisar de alguma coisa me ligue.

– Pode deixar mãe. – Francisco se despediu de sua mãe entrou em seu carro. As lembranças de Jussara ainda povoavam os seus pensamentos quando se deu conta que estava diante de sua casa e agora teria que ter forças para encarar seu lar sem a pessoa mais importante de sua vida.

Francisco abriu a porta de casa, respirou fundo e entrou. O silêncio era grande, o perfume de Jussara ainda era sentido dentro do quarto. Algumas peças de roupas de sua esposa

132 | *Vida que Segue*

ainda estavam penduradas em um cabideiro no canto do quarto. Fotos dos dois juntos em vários momentos daquela união estavam espalhadas nos aposentos da casa.

Francisco desabou em cima da cama e começou a chorar a falta de sua amada até se entregar pelo cansaço a um sono profundo.

Já eram quase oito horas da noite, quando despertou. Estava ainda com a mesma roupa que usara no enterro. O celular ao seu lado indicava algumas ligações não atendidas e mensagens não respondidas.

Francisco se sentou, pegou o celular e ligou para sua mãe.

– Oi mãe.

– Oi filho. Está tudo bem? Liguei para você o dia inteiro, por que não atendeu?

– Acabei dormindo e só agora vi suas ligações no celular.

– Você está bem?

– Estou mãe.

Francisco não queria conversar, a dor em seu coração ainda era grande e queria apenas ficar sozinho e em silêncio, ligara apenas para sua mãe, queria evitar que ela continuasse insistindo nas ligações ou fosse até sua casa ver se estava tudo bem.

– Mãe, vou tomar um banho e depois vou ver algo para comer. Estou bem, não se preocupe.

– Filho seja forte. Se precisar de alguma coisa me ligue.

– Pode deixar. Nos falamos amanhã.

– Está certo. Beijo.

– Beijo mãe.

Francisco desligou o telefone foi ao banheiro e tomou um banho demorado, a tristeza pela perda da mulher lhe fez chorar sozinho embaixo da água que saia do chuveiro.

Dizem que o melhor lugar para se chorar é embaixo do chuveiro, pois a água leva toda nossa tristeza e as lágrimas lavam nossa alma. Além do mais se alguém nos pergunta o que está acontecendo e por que estamos com os olhos vermelhos, podemos dizer que foi a espuma do sabonete que caiu nos olhos.

Francisco foi à cozinha preparar algo para comer. Não estava com fome, mas precisava se alimentar, sua última refeição fora um lanche rápido na lanchonete do hospital no dia anterior.

Sentado à mesa diante de um sanduíche e um copo de refrigerante, Francisco começou a lembrar de Jussara e de suas visitas no terreiro de Umbanda. Lembrava as palavras do preto-velho e tentava juntar forças para resistir a dor que judiava de seu coração. Um sentimento de injustiça foi crescendo em seu peito e suas críticas à justiça divina foram crescendo, brotando questionamentos em seus pensamentos, que a essa altura já eram altos.

– Se Deus é tão justo por que levou a mulher que eu tanto amava embora? Cadê os espíritos que protegem as almas boas? Por que as pessoas boas se vão e as ruins ainda continuam aqui atrapalhando a vida dos outros?

Muitos questionamentos iam surgindo e cada vez mais Francisco se afastava daqueles que o protegiam e lhe auxiliavam em sua caminhada. O pobre homem, com a imensa dor que carregava em seu peito, começou a baixar sua vibração energética, atraindo para seu convívio espíritos de pouca luz, que usavam daqueles sentimentos que Francisco exalava, para roubar sua energia.

Durante uma semana, Francisco ficou trancado em sua casa, a louça empilhada em cima da pia, garrafas de bebidas espalhadas pela sala e a organização daquele lar que antes eram impecáveis, hoje estava entregue ao lixo, as moscas e a energias insalubres.

134 | *Vida que Segue*

Margarete tentou várias vezes falar com o filho por telefone ou em sua casa, porém Francisco não atendia a porta e nem retornava as ligações. Temendo o pior, Carlos chamou um chaveiro para abrir a porta da casa de Francisco.

Ao entrarem na casa de seu filho, Margarete e Carlos se depararam com uma cena lastimável. Francisco estava bêbado, jogado no sofá, com barba por fazer e com lixo a sua volta. Carlos pagou o serviço do chaveiro e o dispensou. Margarete olhando o estado do filho não se conteve e caiu em pranto, sendo amparada por seu marido.

– Calma meu amor. O que precisamos fazer agora é sermos fortes e ajudar nosso filho.

Os espíritos que Francisco havia atraído para seu convívio davam gargalhadas e zombavam do casal que tentava ajudar seu filho.

– Podem ir embora, ele agora é nosso – falou um dos espíritos.

Margarete neste momento sentiu um desconforto e um arrepiou lhe correr pela espinha.

Carlos tomou à frente, se aproximou do filho e começou a chacoalhar aquele homem imóvel jogado no sofá da sala.

– Francisco. Acorde meu filho, você precisa reagir.

Francisco não dava sinal de que atenderia ao pedido do pai. Margarete vendo que ele não respondia pensou o pior.

– Ele está vivo?

– Sim, apenas está bêbado e não sei se acordará tão fácil.

Os espíritos vendo o que fazia aqueles pais, começaram a emanar energias insalubres aos dois, tentando espantá-los dali. Margarete ia se sentindo cansada, porém as energias emanadas a Carlos não lhe faziam nenhum efeito.

– Temos que intensificar nossas forças na velhota, pois o homem não se abala com nossos ataques.

No fundo do poço | 135

Carlos não acreditava em vida pós-morte, nem em espíritos. Era cético a religiões, não acreditava em nada que fosse ligado a espiritualidade, porém o que ele não sabia é que, apesar de tudo, era acompanhado de perto por espíritos de luz. Sua conduta reta durante toda sua vida lhe aproximou espíritos bons que lhe guardavam de ataques trevosos e tentavam de todas as maneiras despertar aquele homem para a espiritualidade.

– Acho melhor chamarmos um médico, ele pode ter abusado demais do álcool e vai precisar de ajuda – falou Carlos temendo que o filho estivesse em coma alcoólico.

Margarete se aproximou do filho, retirou algumas garrafas, lixos e resto de comidas que estavam em pratos espalhados pelo sofá, e o puxou para perto dela o embalando como quando era criança. Carlos ligou para o Dr. Roberto, que imediatamente enviou uma ambulância para buscá-lo.

Francisco acordou dois dias depois em um leito de hospital. Não estava compreendendo nada, porém não conseguia ainda saber onde estava. Até que viu ao seu lado seus pais.

– O que está acontecendo? Onde eu estou?

– Calma filho, nós estamos em um hospital – respondeu Carlos.

– O que estou fazendo aqui? Quero ir para casa. Avisaram a Jussara que estou aqui? Cadê minha esposa?

Francisco havia sofrido de amnésia alcoólica pela quantidade de bebida que ingeriu, e esta amnésia o fez esquecer que Jussara falecera.

Diante da situação do filho, Margarete não se conteve e em um canto daquele quarto de hospital, se entregou ao choro. Carlos não conseguiu esconder sua cara de tristeza, aumentando ainda mais as dúvidas de Francisco.

136 | *Vida que Segue*

– O que está acontecendo? Alguém pode me explicar? – Francisco estava alterado e seu tom de voz foi alto ao perguntar a seu pai.

– Meu filho, você não se lembra de nada?

– Não, caso contrário não estaria fazendo perguntas.

– Se acalme meu filho. Vou lhe explicar.

Carlos contou a Francisco o que acontecera nos últimos dias, até o seu resgate em sua casa pela ambulância. Francisco chorava copiosamente ouvindo tudo com muita atenção. Ao final do relato de seu pai, fechou os olhos e tentou arrancar alguns equipamentos que monitoravam seu estado de saúde.

– Não faça isso filho. – Carlos segurava Francisco tentando impedi-lo de se machucar.

– Margarete chame a enfermeira, rápido.

Logo uma equipe médica, formada por uma enfermeira, um enfermeiro e um médico plantonista entraram no quarto. Imobilizaram Francisco e lhe aplicaram um sedativo para acalmar a fúria daquele homem. Quando Francisco já não representava perigo o amarraram à cama.

– Precisam fazer isso? Meu filho não é um bicho – falou Margarete revoltada com aquela situação.

– É para o bem dele senhora, assim evita que se machuque ao tentar arrancar os equipamentos que estão lhe monitorando. Quando seu filho estiver mais calmo nós iremos soltá-lo.

Mais uma vez um dos espíritos da escuridão que já acompanhava Francisco há algum tempo manifestou sua ira e gritou.

– Não vamos fazer nada para impedir esses imbecis de ajudá-lo a não tentar contra sua própria vida? – olhou para seu comparsa e continuou – você vai ficar aí quieto com essa cara de paisagem?

No fundo do poço | 137

– Relaxe. Ele está dominado e nosso controle é absoluto. Assim que ele acordar, daremos um jeito dele conseguir fugir deste lugar e se entregar a nossa vontade. Vamos dar uma volta, quando ele acordar estaremos de volta e começaremos a colocar o plano em ação para obter nosso objetivo.

Aos poucos Francisco ia sendo derrotado pelo medicamento e suas tentativas de se livrar dos enfermeiros foram diminuindo até que apagou. A equipe médica se afastou da cama e Carlos logo perguntou ao médico.

– Por que este estado tão revoltado do meu filho?

– Não sabemos ainda, teremos que fazer alguns exames para fazer um diagnóstico. Queria lhe perguntar uma coisa.

– Pode perguntar.

– Seu filho faz uso de drogas?

Antes que Carlos pudesse responder, Margarete se antecipou.

– O senhor está insinuando que meu filho é um drogado? Quem o senhor pensa que é? – Margarete estava revoltada com a pergunta do médico.

– Calma Margarete. O doutor só está fazendo o trabalho dele – interpelou Carlos. E se dirigindo ao médico falou. – Desculpe pela atitude de minha esposa, mas estamos passando por alguns problemas. Recentemente minha nora faleceu e desde então meu filho caiu em depressão. Carlos colocou o médico a par dos acontecimentos dos últimos dias.

– Fiquem tranquilos, faremos tudo para ajudar seu filho. O médico se despediu e saiu do quarto.

– O que está acontecendo Carlos? – perguntou Margarete já com lágrimas em seu rosto.

– Calma meu amor. Nosso filho está passando por um momento difícil, mas tudo ficará bem. – Carlos abraçou a esposa confortando-a.

138 | *Vida que Segue*

Francisco estava sob o efeito do sedativo e seu corpo estava adormecido naquele leito hospitalar. Mais uma vez seu espírito se desdobrou e a primeira imagem que viu à sua frente foi o preto-velho.

– O que o senhor faz aqui? Onde estou?

– O fio anda muito agitado, precisa se acalmá, pra não fazê mal pro fio.

– Desculpe, mas parece que estou no meio de um furacão e não consigo sair de dentro dele.

– O véio só veio aqui hoje pra dá um recado pro fio.

– Que recado?

– Fio, cuida dos pensamento que tem vindo na cabeça do fio, pois tem gente que tá acompanhando o fio que o ocê nem imagina.

– Mas quem está me acompanhando?

Neste momento o preto-velho se despede de Francisco e some diante de seus olhos.

– Cadê você? – Francisco olhava para todos os lados e nada do ancião por perto. – Por que me deixa falando sozinho e não fala coisa com coisa e ainda nem respondeu minhas perguntas?

Francisco estava com o humor alterado, continuava esbravejando e procurando pela entidade de luz que acabara de lhe falar quando, ao passar os olhos pelo quarto, avistou dois vultos negros que lhe causaram medo e um grande mal-estar, fazendo com que voltasse a seu corpo que ainda permanecia desacordado naquele leito hospitalar.

Depois de quatro horas, Francisco começava aos poucos recobrar a consciência e despertar do sono induzido. Tentou se mexer e sentiu seus braços e pernas presos à cama. Com o auxílio de seus novos amigos das trevas, ele começou a se debater e tentar tirar as amarras.

No fundo do poço | 139

– Por que me prenderam aqui? Acham que sou um bicho?

Margarete não suportava ver o filho naquele estado e saiu do quarto. Carlos tentava acalmar Francisco.

– Calma meu filho. Só fizeram isso para que não se machuque. Você estava muito nervoso.

Francisco a cada instante em que tentava se libertar, mais irritado ficava.

– Não estou nervoso. Não vou me machucar. Tirem-me daqui imediatamente.

Carlos olhou firme para o filho e com um tom de voz autoritário retrucou.

– Enquanto não se acalmar ficará onde está e amarrado. Agora você vai me escutar, nem que eu tenha que amordaçá-lo.

– Não quero ouvir nada, quero ir embora deste lugar.

– Escute Francisco. Você precisa se acalmar, não vê o que está fazendo com sua mãe? Precisa se controlar.

– Não estou fazendo nada, vocês me colocaram aqui porque acham que estou louco, mas não estou.

– Se você não se acalmar chamarei os médicos de novo e eles vão lhe aplicar outro sedativo.

Francisco aos poucos tentava controlar sua raiva e se acalmar, não queria ser sedado mais uma vez.

– Meu filho só...

– Não quero ouvir nada, me deixe em paz se quer que me acalme.

Carlos se calou e saiu do quarto para ver como estava sua esposa.

– Como você está?

– Preocupada com nosso filho. Onde erramos?

– Não erramos Margarete. O Francisco está passando por um momento difícil, pela perda de Jussara, mas tudo vai

140 | *Vida que Segue*

ficar bem. Precisamos ser fortes e mostrar ao nosso filho que ele precisa reagir.

– Eu nunca o vi assim. Será que ele ficará bem?

– Claro meu amor. Ele está sendo bem cuidado e hoje o Dr. Roberto virá aqui no final do dia avaliá-lo e nos dar maiores explicações.

Carlos abraçou a esposa e logo voltaram para o quarto. Francisco estava aparentemente calmo, mas a influência de espíritos trevosos era evidente aos olhos de qualquer médium vidente. Margarete se aproximou do filho, quando Carlos lhe falou.

– Vou até a lanchonete pegar um café, você quer que eu lhe traga alguma coisa?

– Não, obrigada meu amor – falou Margaret.

– Você vai ficar bem?

– Vou sim. Vou aproveitar para conversar com ele enquanto, vai pegar seu café.

Carlos saiu do quarto deixando Margarete e Francisco sozinhos, ou quase isso, se contarmos com seus amigos trevosos que não perderam tempo em alimentar os pensamentos de Francisco para tentar escapar daquela situação.

– Como você está meu filho.

– Agora estou bem mãe, apenas estas amarras que estão me machucando.

– Mas você tem que ficar assim filho, os médicos disseram que isso é para que não se machuque.

– Não vou me machucar, já estou bem calmo.

– Que bom filho.

– Então me ajude a soltá-las, para eu poder me acomodar melhor na cama.

Margarete, vendo que o filho estava mais calmo, o ajudou a se soltar daquelas amarras.

No fundo do poço | 141

Quando Francisco já estava completamente solto, se levantou da cama, tirou o soro que estava em seu braço e os fios que lhe monitoravam.

– O que está fazendo filho?

– Não vou mais ficar aqui.

– Mas você não pode sair. – Tentou argumentar Margarete em desespero.

– Tanto posso que estou saindo.

Francisco foi até o armário, vestiu suas roupas, foi em direção a mãe, beijou sua testa e disse:

– Fique tranquila, eu vou ficar bem. Preciso de um tempo. Não venham atrás de mim, senão eu sumo e nunca mais irão me ver. Então se querem o meu bem, me deixem em paz.

Francisco antes de sair vasculhou a bolsa da mãe em busca de dinheiro, pegou alguns trocados e saiu.

Margarete não sabia o que falar e nem Francisco deu oportunidade a ela, saiu pela porta do quarto e sumiu nos corredores do hospital.

Quando Carlos voltou ao quarto, encontrou Margarete sentada na poltrona e a cama vazia.

– Cadê o Francisco, está no banheiro?

Margarete chorando, respondeu ao marido.

– Ele foi embora.

Carlos fez menção em ir atrás do filho, mas foi interrompido pela mulher.

– Deixe-o ir.

– Você está maluca? Ele não está bem, precisa de cuidados.

– Ele disse que se fossemos atrás ele iria sumir e nunca mais teríamos notícias dele.

– Mas como ele conseguiu se soltar da cama?

– Eu ajudei. Ele me pareceu mais tranquilo e eu não suportava vê-lo amarrado daquele jeito. Desculpe, fiz tudo

142 | *Vida que Segue*

errado. – Margarete se entregou a um pranto sofrido, porém foi logo consolada pelo seu marido.

– Calma meu amor. Você fez apenas o que um coração de mãe faria.

– Mas deixei ele ir, no estado que se encontra. O que poderá acontecer agora?

– Vamos torcer para que ele se encontre e volte para casa.

Francisco deixou o hospital a pé e caminhou por algumas horas tentando colocar seus pensamentos em ordem, mas isso seria impossível com as companhias que trazia junto ao seu campo energético. A todo momento tentavam persuadi-lo a beber e fazer coisas que não faziam parte da vida daquele pobre homem.

De longe um vulto escuro observava tudo o que se passava com ele e os seus dois companheiros das sombras.

Aos poucos os dois espíritos trevosos conseguiam levar Francisco a um bar para que pudessem forçá-lo a beber e se nutrir daquela energia ruim, que para os dois era maravilhosa e os fortalecia.

Com o bar fechando e Francisco totalmente embriagado, foi escorraçado do local debaixo de ponta pés, caindo de cara em uma poça d'água que lavou seu rosto. Ainda muito bêbado não conseguindo concatenar seus pensamentos e nem ter controle sob seu corpo, ao levantar a cabeça se deparou com um par de pernas vestindo uma calça preta. Uma longa capa se via por detrás do dono daquelas pernas. Francisco olhou para cima, tentando ainda firmar sua visão e o que viu lhe tirou daquele estado momentaneamente, fazendo-o pular para trás com o pavor que lhe tomou o corpo.

Os dois espíritos que acompanhavam Francisco imediatamente engoliram as risadas e se curvaram diante daquele homem.

No fundo do poço | 143

– Mestre! Estávamos levando esta pobre alma a sua presença e demos uma paradinha...

Antes mesmo que um dos espíritos terminasse a frase, os dois foram jogados longe apenas com um movimento de mãos que movimentou energia suficiente para realizar tal feito.

O homem de preto com a longa capa negra com capuz que lhe cobria o rosto, se agachou diante de Francisco que estava escorado na parede externa do bar e com ar apavorante lhe falou.

– Está com medo de mim?

Francisco não conseguia formar nenhuma frase para responder a tal figura tamanho o pavor que tomava seu corpo e sua mente.

– Não estou aqui para lhe fazer mal e sim para lhe fazer uma proposta, e vou querer uma resposta imediata.

O rapaz apenas balançou a cabeça levemente em um movimento afirmativo.

– Ótimo que está me compreendendo – o homem continuou – quero sua alma em troca de lhe dar alguns dias ao lado de sua amada esposa. Isso lhe interessa?

Aquilo despertou um interesse imediato em Francisco, que mais uma vez balançou a cabeça em movimento afirmativo. Buscando forças do fundo de sua alma, conseguiu falar.

– E como o senhor conseguirá isso?

– Esse é um problema meu. Só preciso saber se está disposto a aceitar minha oferta?

– Estou. Vale a pena qualquer coisa para ficar ao lado da minha querida Jussara mais uma vez.

– Então estamos combinados. Em breve você verá sua amada e depois sua alma será minha.

A figura estendeu a mão a Francisco que nem reparou nas suas deformidades e a apertou.

– Nosso acordo está selado, logo terá notícias minhas.

144 | *Vida que Segue*

Olhando para os dois espíritos trevosos que assistiam agora tudo de longe, o homem mentalmente lhes falou.

– Cuidem muito bem deste infeliz, não quero que desencarne antes da hora. Quero-o inteiro quando vier buscá-lo. Se algo lhe acontecer irei destruí-los como se esmaga uma mosca.

Diante da ameaça, apenas balançaram a cabeça concordando com o homem de negro.

Francisco esfregava os olhos para melhor ver aquele que estava lhe oferecendo o que ele mais queria naquele momento, ficar ao lado de sua amada, mas quando abriu os olhos, já não viu mais ninguém à sua frente. Olhou para todos os lados e nem sinal daquele homem misterioso, logo pensou.

– Acho que bebi demais, preciso parar de me iludir que vou rever Jussara.

Francisco se levantou cambaleando e começou a caminhar, estava muito embriagado ainda, ora ia para o meio da rua e começava a andar entre os carros que desviavam dele para evitar uma tragédia, ora subia na calçada fugindo das buzinadas para espantá-lo das ruas.

Os espíritos das trevas vendo aquilo se apressaram em tirar aquela infeliz alma do meio da rua, não queriam sofrer com a ameaça daquele que parecia ser um poderoso mestre das sombras.

Os dias foram passando e cada vez mais Francisco ia se afundando nas drogas e nas bebidas. Passava os dias nas ruas, mendigando para obter drogas, e as noites ia dormia no cemitério dentro dos mausoléus para se esconder do frio e da chuva. A energia do pobre homem já estava à míngua.

Francisco se preparava para ter algumas horas de sono até que o cemitério reabrisse, e começou a lembrar das palavras do preto-velho, por um instante iniciou uma oração para que aquilo tudo passasse e que pudesse retomar a sua vida algum dia. Naquele momento Francisco, pela primeira vez desde que fugiu do hospital, estava sóbrio e um arrependimento, misturado com vergonha tomou conta do seu ser, quando ouviu o barulho da porta do mausoléu que se abriu lentamente e o homem de negro reapareceu para ele com seu ar imponente e aterrorizador. Parou diante da porta sem falar nada, causando em Francisco tremendo pavor e um frio que lhe correu toda a espinha.

Depois de alguns instantes em silêncio, o homem com sua voz grossa falou de uma forma que fez Francisco tremer da cabeça aos pés.

– Você está pronto para o nosso combinado?

Francisco apesar de todo pavor que sentia correr o seu corpo, respirou fundo se levantou e já não mais temendo por sua vida, respondeu.

– Pensei que aquele nosso encontro tivesse sido uma alucinação causada pela bebida.

– Mas agora você está vendo que não era alucinação e estou aqui para cumprir a minha parte e espero que cumpra a sua.

– Sou um homem de palavra. Se me der o que quero, lhe darei o que quer, não tenho mais nada a perder.

Enquanto conversavam, o homem de negro sentiu uma presença estranha no local. Algo que neutralizava sua força e o deixava mais fraco. Temendo o pior, forçou acelerar seu acordo.

– Venha comigo. Vamos ao que interessa antes que alguma coisa nos atrapalhe.

Ao se virarem, um cavaleiro portando um escudo dourado com uma grande cruz vermelha no meio, assuntou aquele homem de negro.

– O que está fazendo em meu território?

– Vim cobrar uma dívida.

– Que dívida? Não era um acordo? E pelo que vi, ele ainda nem foi concluído de nenhum dos lados.

146 | *Vida que Segue*

– Isso não é de sua conta, nos deixe em paz, que será melhor para você.

– Vou lhe deixar em paz, mas não do jeito que pretende.

Ao ouvir o que aquele homem montado em seu cavalo falou, o mestre das trevas, que vestia uma longa capa preta com capuz que lhe cobria o rosto, estalou os dedos e logo uma legião de trevosos surgiram das sombras daquele cemitério, porém o cavaleiro não se abalou e continuou a falar.

– Tem certeza que você quer fazer isso?

– Se tentar me impedir eu serei obrigado a lhe dar uma lição. Além do mais você é apenas um e nós somos mais de cem.

– Nunca estou sozinho e mesmo que estivesse, estes seus lacaios não seriam páreo para mim.

– Então vamos ver quem vai se sair melhor.

Dito isto o homem de negro fez um sinal com as mãos e ordenou que seus homens atacassem.

Com a movimentação dos trevosos em direção ao cavaleiro, este desembainhou sua espada flamejante e se posicionou para o combate. Alguns espíritos de luz que cuidavam da segurança do cemitério começaram a aparecer e em meio a eles, uma linda mulher toma frente e pergunta ao cavaleiro.

– Está precisando de ajuda mestre Ogum Megê?

– Não seria necessário, mas já que estão aqui, agradeço a ajuda.

Em poucos minutos, todos os trevosos estavam acorrentados e sendo conduzidos a regiões no astral para que pagassem pelos seus erros e pudessem saldar suas dívidas e serem encaminhados a outras paragens.

O cavaleiro desceu de seu cavalo e caminhou em direção ao homem de negro que permanecia estático no mesmo lugar que estava desde que saíra do mausoléu com Francisco.

– Agora que está tudo sob controle, vamos conversar.

– Não tenho nada para falar com você.

– Temos muito a conversar, mas posso fazer um acordo com você em troca da liberdade deste pobre homem.

Francisco assistia a tudo sem entender nada, os olhos arregalados e o temor pelo que poderia lhe acontecer voltou a tomar conta daquela pobre alma, que se encolheu em um canto do mausoléu e não fez nenhum barulho para não chamar a atenção.

Os dois homens conversaram por algum tempo, até que o homem de negro se retirou e sumiu no meio do cemitério. O cavaleiro caminhou até a porta de entrada do mausoléu e chamou pelo pobre homem que estava ali escondido.

– Pode sair agora Francisco.

O rapaz ficou em silêncio por algum instante, temia por sua segurança. Já vira muita coisa naquele período que se entregara às ruas e sabia que não podia confiar em ninguém.

– Francisco pode sair agora, você está seguro.

Ainda com muito medo, lentamente Francisco se levantou, saiu do mausoléu e se deparou com o cavaleiro e seus amigos. Correu os olhos por todos que estavam ali, alguns realmente metiam mais medo que o homem de preto, porém uma mulher no meio de todos aqueles guerreiros chamou a atenção de Francisco pela sua beleza.

Enquanto ele ainda apreciava tamanha encanto, os guerreiros se afastaram dando passagem a um velho negro com uma bengala na mão.

– Salve fio.

– Salve, nossa, que bom ver o senhor? Mas o que faz aqui?

– O véio está em toda parte, mas ultimamente o véio tem ficado mais perto do fio, pois sabia que o fio ia precisá de ajuda. E como o fio mostrô que tá arrependido de suas atitude, o véio achô que era hora de acabá com tudo isso.

148 | *Vida que Segue*

– Eu peço perdão por não ter lhe dado ouvido no hospital e ter me entregue a atitudes desastrosas após a morte de Jussara. Sinto muito a falta dela. Deus não devia ter levado ela de mim.

– Óia fio, Deus não levô a fia docê. A fia cumpriu a missão dela e quando os fios cumpre sua missão é hora de voltá pra casa. Aqui é apenas um lugá de aprendizado pra corrigi erros passado. Mas quando atingimo nosso objetivo, voltamo pra casa.

– Eu sei que diante disso que o senhor está me dizendo, posso parecer egoísta, mas e a minha dor como fica sem a pessoa que mais amei nesta vida?

– No momento certo ela vai tá esperando o fio. Os fios já tão junto desde antes desta encarnação e assim que seu tempo chegá, ocês vão se encontrá.

– E se eu encurtar esse tempo.

– Irá encurtá apenas sua permanência na carne, mais vai aumentá o tempo do reencontro. Não se pode ir contra a vida fio.

– Não sei se vou suportar tanta saudade.

– O véio vai tá sempre do lado do fio, e vai ajudá o fio a suportá, mais pra isso preciso que mude sua forma de pensá e agí e retome sua vida desde já.

Francisco ouviu atentamente as palavras do preto-velho e concordou pela primeira vez com tudo que foi dito. Após o fim da conversa, o velho tocou na testa do rapaz que desabou em um sono reconfortante.

O sol já estava raiando quando um mendigo que também usava o cemitério como pouso, cutucou Francisco.

– Levanta infeliz. O dia já tá amanhecendo e logo os coveiros vão chegá, e se pegá a gente aqui vão chamá a guarda municipal. E você sabe o que eles faiz com os malucos que dormi aqui.

Francisco foi acordando aos poucos, como se estivesse despertando de um sonho que durara mais de algumas semanas.

– Onde estou?

– Está no cemitério municipal.

– O que estou fazendo aqui?

– O que faiz todo dia, veio aqui dormi nesses mausoléus e se protegê do frio e da chuva.

Francisco não se lembrava de nada, tudo parecia um pesadelo para ele. Levantou-se, sacudiu a poeira da roupa e seguiu o mendigo até a saída do cemitério. Chegando à rua, ainda meio atordoado, esfregou os olhos e seguiu a pé até sua casa, lembrou que sempre deixava uma chave escondida caso perdesse a sua. Foi até o local onde estava a chave e com grande alívio viu que ainda estava lá, enfim entrou em casa.

Já de banho tomado, Francisco ligou para sua mãe.

– Mãe!

– Francisco? Onde você está meu filho? Você está bem? Por onde andou?

– Estou em casa mãe e agora estou bem.

– Que bom. Ficamos muito preocupados com você. Você nem imagina minha angustia – falou Margarete já aos prantos.

– Agora está tudo bem. Avise ao papai que amanhã passo aí para conversarmos, hoje quero me recompor e colocar meus pensamentos em ordem. Fica tranquila que seu filho voltou.

– Está bem filho.

– Mãe.

– Oi filho.

– Obrigado por arrumar esta bagunça.

– Não precisa agradecer filho. Queria deixar tudo em ordem para quando você voltasse.

– Mesmo assim obrigado e desculpe pela preocupação dos últimos dias.

– Se você realmente está bem é o que importa filho.

– Estou sim. Só preciso descansar um pouco e colocar a cabeça no lugar.

Parte III

De volta aos dias atuais

O reencontro com Maria

Depois de passar no cemitério para cuidar do túmulo de Jussara, Francisco retornou a sua casa para pegar seu notebook. Iria ao escritório, queria conversar com seu pai e retomar sua vida por inteiro, depois iria à casa de sua mãe, precisava mostrar a ela que tudo estava voltando ao normal e que aquela fase maluca havia passado. Mas quando chegou a sua casa, encontrou seus pais lhe esperando. Após algumas palavras com a mãe, Francisco foi abraçar o pai.

– Oi pai!
– Oi filho. Como você está?
– Estou melhorando.
– Que bom meu filho.
– Agora eu quero retomar minha vida, meu trabalho, vim buscar meu notebook, queria conversar com o papai sobre o escritório. Mas já que estão aqui conversamos aqui mesmo.

Os dois se sentaram, Francisco abriu o notebook e começou a ligá-lo, quando seu pai perguntou.

– Quando pretende voltar?
– Amanhã cedo estarei lá. E gostaria que o senhor continuasse no escritório.

Carlos deu um sorriso e respondeu:
– Será um prazer trabalhar com meu filho.

Os dois se abraçaram novamente e juntos choraram emocionados por tudo que haviam passado nos últimos dias.

154 | Vida que Segue

Francisco e Carlos conversaram quase a tarde toda. Seu pai lhe passou todas as informações dos últimos meses e as pendências que ainda existiam.

– Vamos lanchar – interrompeu Margarete, apesar de estar amando àquele momento de pai e filho.

– Hum! O cheiro que está delicioso mãe.

– Enquanto vocês conversavam, fiz um bolo, eu havia trazido algumas coisas de casa, ia deixar para você fazer um lanche, mas já que se prolongaram na conversa, acabei preparando um lanche gostoso.

A noite já havia chegado quando os pais de Francisco se despediram e o deixaram com seus pensamentos.

Eram quase nove horas quando Francisco resolveu dar uma volta e respirar um ar diferente daquele que experimentou por algumas semanas. Pegou seu carro e saiu sem rumo, não iria ficar muito tempo na rua, precisava acordar cedo no dia seguinte.

No meio do caminho, avistou aquela moça que encontrara no cemitério de manhã. Estacionou o carro e esperou que ela se aproximasse para abordá-la.

– Boa noite!

– Boa noite! – respondeu a moça.

– Não sei se lembra, mas nos encontramos hoje de manhã no cemitério.

– Estou lembrada.

– Tentei ir atrás de você quando saiu, mas não consegui encontrá-la.

– Entendo! E o que você queria comigo?

– Pode parecer estranho, pois para mim parece, eu me encantei com você e gostaria de conhecê-la melhor.

– Não seria prudente isso.

– Mas por quê? Você é casada?

O reencontro com Maria | 155

– Não. Sou viúva, mas não posso me envolver com ninguém.

– Eu não entendo, mas... podemos pelo menos sermos amigos? Podemos tomar um café ou alguma outra coisa?

– Você nem me conhece, Francisco.

– Sei o seu nome, que já é o suficiente para mim.

– Tudo bem, mas só vamos conversar, não posso me demorar.

Francisco abriu a porta do carro para a moça que entrou hesitante, depois saíram daquele lugar.

– Aonde vai me levar?

– Tem um barzinho tranquilo aqui perto, onde podemos beber alguma coisa e conversar um pouco.

– Está certo.

Francisco estacionou em frente ao bar, desceu do carro e abriu a porta para moça, esticou a mão para ajudá-la a sair e a convidou a entrarem. Procuraram uma mesa mais ao fundo, onde parecia ser mais tranquilo. Chamou o garçom fez o pedido e quando este se afastou, começaram a conversar.

– Gostou do lugar? – perguntou Francisco.

– Agradável.

– Maria, quando a vi naquele cruzeiro do cemitério, senti uma sensação agradável, como há muito não sentia.

– Fico feliz em ter transmitido um sentimento bom a você.

– E o estranho é que não me sentia assim desde que minha esposa faleceu.

– A perda de um ente querido ainda é um mistério incompreendido pelo seres humanos encarnados. Todos sabem qual é o fim, mas todos o temem.

– A saudade deixada que é a pior parte. Só em pensar que não terá mais aquela pessoa por perto, dividindo suas tristezas e alegrias... Isso é muita injustiça. Perder uma pessoa amada tão cedo.

156 | *Vida que Segue*

– Não acha um pouco de egoísmo de sua parte? Todos nós temos uma missão neste planeta e quando ela é cumprida, temos permissão de voltar.

– Voltar para onde? Não entendo muito isso.

– Você acredita em vida pós-morte?

– Não tenho muito conhecimento sobre assuntos religiosos ou espirituais. Prefiro então acreditar que vida só tem essa.

– Você não acha que se tivéssemos apenas esta vida, não precisaríamos nos preocupar em ter uma conduta reta?

– Não. Para isso temos as leis que nos cobram por nossos atos.

– Uma lei que nem sempre é justa.

– Mas ainda continua sendo a lei.

– Imagine se nessa vida fizéssemos várias atrocidades, contra o próximo ou a nós mesmo, e não fossemos julgados por nossos erros, ou até mesmo no caso de sermos julgados, não recebêssemos a pena que seria justa pelos nossos erros. De que valeria ser correto, se a justiça não é feita?

Francisco ouvia o que Maria lhe falava com atenção, não conseguiu tirar os olhos da moça nem um segundo, talvez pelo assunto, mas com certeza pela beleza daquela mulher.

E Maria continuou.

– Se acreditamos em uma força superior, que chamamos de Deus e esta força é justa, como podemos imaginar que passaremos impune pelos nossos erros?

– Mas se esse Deus de que você fala é tão justo, por que não nos cobraria nesta vida? E por que esse mesmo Deus nos faz passar por situações que a nossos olhos parecem injustas?

– Vamos imaginar assim. Deus cria o homem, dá a ele um presente que nem os anjos possuem que é o livre-arbítrio, permitindo que tome suas próprias decisões. Porém este presente tão importante tem seu ônus e seu bônus, pois ele terá que arcar com a responsabilidade de suas escolhas. Este mesmo homem se aproveita deste presente e comete erros que a justiça humana não tem como combater. Como este homem vai pagar por seus erros ou tentar consertá-los?

– Talvez criando situações que irão lhe fazer sofrer.

– Mas se estamos falando de um Deus, que chamamos de Pai, Ele não vai querer ver seus filhos sofrendo sem terem a chance de consertarem seus erros. E qual a melhor forma de fazer seus filhos se redimirem de seus erros e evoluírem? Dando-lhes uma nova chance, pois todo pai quer ver seus filhos crescendo e evoluindo. E qual a maneira de se fazer isso? Dando-lhes uma nova vida, mas não permitindo que tenham a lembrança de tudo que passaram em vidas passadas.

– Mas, seguindo seu raciocínio, como os homens irão consertar seus erros ou se redimir se não lembrarem onde erraram?

– Permitindo a ele que mude de lado. Por exemplo: Se você nesta vida vem rico, poderoso e se utiliza deste poder para ser soberbo e impiedoso, na próxima vida, virá em uma situação de submissão e pobreza, para que aprenda como se sentiam as pessoas que, em outra vida, sofreram com sua soberba.

– Mas isso não garante que iremos aprender que a humildade é a chave da questão, podemos acabar nos tornando pessoas revoltadas com a situação e cometermos erros diferentes ou até piores.

– É por isso que precisamos de mais de uma encarnação para aprendermos.

– Certo. E se passarmos por várias encarnações e não aprendermos nada e nem consertarmos erro algum. O que acontece?

– Todos nós temos nossos limites. Se não conseguirmos nos endireitar, se assim podemos dizer, voltaremos ao início e começaremos de novo.

158 | *Vida que Segue*

– Isso tudo é muito confuso para quem nunca parou para pensar por este ângulo da vida.

– Por esse motivo que o ser humano encarnado sofre tanto. Porque não pensa que a vida poderia ser muito mais simples e harmoniosa se usassem a cabeça para pensar e o coração para sentir.

– Queria lhe fazer uma pergunta. Você faz parte de alguma religião?

– Não. Apenas busco minha evolução na espiritualidade, tentando pagar por erros que cometi e evoluir com acertos que tento buscar.

Cada vez mais Francisco se encantava com aquela mulher, que além de bonita e atraente, também era sábia e trazia firmeza em suas palavras. Francisco não sabia mais se o que sentia naquele momento era admiração, atração ou amor. Um misto de emoções povoava seus pensamentos e mexiam com seus sentimentos. Ele estava ali, mas parecia que não estava, viajava em seus pensamentos e se inebriava com aquela beleza.

Francisco e Maria conversaram por algumas horas, sem se dar conta do tempo passar, mas já estava ficando tarde e Maria precisava voltar para sua casa.

– Bem, acho que já conversamos o bastante. Preciso ir agora.

– Mas já? É tão bom conversar com você. Pela segunda vez você me fez esquecer meus problemas e me passou um sentimento de conforto, tranquilidade e paz.

– Que bom poder ajudar de novo, mas realmente preciso ir agora.

– E eu posso lhe ver outras vezes?

– Não vejo problema nisso.

– Me passe seu telefone, gostaria de convidá-la para sair.

– Não tenho telefone.

– Mas como vou encontrá-la.

– Nós nos encontraremos da mesma forma que me encontrou hoje.

– Você não gostou da minha companhia? Fui muito chato?

– Claro que não Francisco, mas fique tranquilo que nos encontraremos mais vezes.

Maria se levantou e fez menção de ir embora.

– Eu levo você para sua casa.

– Não precisa. Eu moro aqui perto, vou caminhando. Assim penso um pouco na vida.

– Mas é perigoso para uma mulher linda como você andar sozinha por estas ruas.

– Fique tranquilo, eu sei me cuidar. Tenho meus truques.

Francisco chamou o garçom, pagou a conta e acompanhou Maria até a rua.

– Pena que você não pode ficar mais um pouco e traz tantos mistérios.

– Tudo no seu tempo Francisco, não vamos atropelar as coisas.

– Tudo bem. Não quero impor nada a você, apenas gostaria de vê-la de novo.

– Nós nos encontraremos.

Francisco se despediu da moça com um beijo no rosto, seus lábios tocaram o canto dos lábios de Maria e ela não se afastou nem reclamou do atrevimento de Francisco, apenas lhe deitou um olhar sedutor e saiu. Francisco a acompanhou com os olhos até que Maria virasse a primeira esquina e sumisse de seu campo de visão. Ele se sentia leve, como um adolescente em seu primeiro encontro. A ansiedade de poder reencontrar aquela bela mulher, já lhe batia no peito.

O despertar
de uma nova paixão

No dia seguinte, Francisco parecia um novo homem, o encontro da noite anterior afastara de vez aquele ser que se entregou a dor e cometeu loucuras durante algumas semanas.

Francisco acordou com suas energias renovadas, tomou um banho, se arrumou e depois de muito tempo foi para seu escritório de arquitetura. Queria retomar sua vida, sentia forças para voltar a viver, e a responsável por aquela mudança era a misteriosa Maria.

– Bom dia Marisa!

– Bom dia seu Francisco. Desculpe falar, mas o senhor está radiante hoje. Que bom vê-lo assim.

– Obrigado. Meu pai já chegou?

– Sim seu Francisco, ele está na sua sala.

Francisco agradeceu a secretária e foi ao encontro do pai.

– Oi pai!

– Oi filho. Tudo bem com você?

– Tudo ótimo.

– Que bom que está bem. Aconteceu algum milagre para você ter mudado tanto nos últimos dias?

– Não sei se é um milagre pai, mas me sinto novo outra vez e disposto a assumir as rédeas da minha vida.

162 | *Vida que Segue*

– Fico feliz em vê-lo assim, sua mãe também vai ficar muito feliz.

Francisco sorriu para o pai e perguntou.

– O que está fazendo?

– Estou retirando minhas coisas de sua mesa, para que você reassuma seu lugar.

– Não precisa pai. Este lugar agora é seu.

– Não estou lhe entendendo. Você não disse que ia reassumir sua vida?

– E eu vou, porém esta sala agora é sua. Vou ficar na sala que era de Jussara, assim vou me sentir mais perto dela.

– Você não vai cair em depressão de novo, não é?

– Fique tranquilo pai. Vou fazer algumas modificações lá para que apenas as lembranças fiquem vivas e me ajudem nessa minha nova fase. Afinal de contas fiz uma promessa a Jussara, prometi que jamais a esqueceria, porém não deixaria de viver minha vida.

Carlos não conseguia conter-se de tanta alegria de ver que seu filho havia superado aquela fase.

– Pai, eu quero que me passe tudo o que tem acontecido no escritório e nas obras em andamento. Quero retomar a obra da minha casa e saber como anda a obra da casa de praia do Dr. Roberto.

Francisco e Carlos ficaram por horas trancados na sala, discutindo sobre o escritório e todos os projetos que estavam em andamento.

Já passava de uma da tarde, quando Francisco se levantou e convidou o pai.

– Vamos almoçar. Esta nossa conversa, me deu fome.

– Boa ideia. Vamos almoçar em casa? Sua mãe ia preparar aquela carne assada com batatas que você tanto gosta.

– Ótimo! Uma comidinha caseira vai cair muito bem.

O despertar de uma nova paixão | 163

– Posso fazer uma pergunta?

– Claro pai.

– Você está apaixonado? Conheceu alguém?

– Não era só uma pergunta?

– Era, mas uma puxa a outra e você sabe como é.

– Quanto a sua pergunta, não sei se estou apaixonado, mas posso dizer que conheci uma pessoa que tem me ajudado a superar estes momentos difíceis.

Carlos não quis mais perguntar nada para não parecer curioso. Estava satisfeito de ver seu filho daquele jeito.

Francisco passou a semana com pensamentos divididos entre o trabalho e aquela mulher misteriosa que de alguma forma mexera com ele. Porém estes pensamentos eram interrompidos quando Jussara voltava a sua lembrança e lhe causava um sentimento de infidelidade, uma traição pela memória da esposa, ele ainda considerava cedo para se envolver com outra mulher.

Todos os dias quando voltava do trabalho, passava pelo mesmo lugar onde encontrara Maria da última vez, porém em vão, pois ela nunca estava lá.

Os dias foram passando e a vontade de revê-la aumentava, o desejo por aquela mulher especial se intensificava a cada dia. Não sabia se conseguiria um envolvimento maior com ela, mas precisava vê-la, olhar em seus olhos, ouvir sua voz, sentir o seu perfume. Aquilo lhe fazia bem, era como se recarregasse suas baterias para suportar sua solidão e lhe afastar de lembranças que o atormentavam. Francisco chegou a estacionar no local de seu último encontro e esperar quase a noite toda para ver se encontrava sua musa, mas durante semanas não teve sucesso. Resolveu então esquecer aquela mulher que lhe fizera brotar sentimentos escondidos desde a morte de sua esposa e voltou a dedicar-se ao

164 | *Vida que Segue*

trabalho, assim poderia preencher seus pensamentos com obras e reformas.

Dividia seu tempo entre o escritório de arquitetura e a finalização da obra da casa que sonhara passar seus dias ao lado da esposa. Transformara aquela obra em uma missão, uma promessa a Jussara, como se a casa se transformasse em um memorial, um santuário dedicado a ela. A obra foi paralisada e abandonada após o agravamento da doença de Jussara, teria muito o que fazer.

Era sexta-feira, sua semana havia sido puxada, trabalhara uma média de dez horas por dia, queria apenas chegar a sua casa, tomar um banho e relaxar. Estava no trajeto de casa, o rádio do carro trazia as notícias do dia, quando como por um encantamento, Francisco avistou Maria caminhando elegantemente pela calçada. Ele não tinha como não vê-la, seu andar era charmoso, ela parecia transformar tudo ao seu redor em um belo jardim de rosas, seu perfume fazia com que os homens se virassem para olhar para aquela bela mulher que desfilava numa simples calçada.

Francisco parou o carro e como uma repetição de dias atrás, desceu e caminhou em direção daquela que para ele era a mais bela mulher que já havia visto depois de sua amada Jussara.

Ele não sabia se era encantamento, magia ou outra coisa qualquer, mas ela lhe tirava o fôlego, fazia-o se sentir um adolescente apaixonado, algo incontrolável e que não adiantava lutar contra.

– Oi!

– Olá Francisco – disse ela simplesmente.

– Estava com saudades de você. Tenho lhe procurado por muito tempo. Onde esteve?

– Estive fora, precisei resolver alguns problemas de trabalho.

– Pensei que nunca mais iria vê-la.

O despertar de uma nova paixão | 165

Maria sorriu e respondeu.

– Também estava com saudades.

– Você está com pressa? – perguntou Francisco, sem conseguir criar nenhuma frase de impacto ou mais inteligente.

– A pressa é para os atrasados, para pessoas que demoram a reagir e agora buscam recompensar o tempo perdido.

Francisco se sentiu um pouco envergonhado com o que fizera de sua vida nas semanas que abandonou tudo e se entregou a bebida e as drogas. Sabia que aquela frase não tinha sido para ele, mas o atingira da mesma forma, pois nossa consciência é implacável.

– Então posso deduzir que você não está atrasada e nem busca recuperar um tempo perdido.

– Digamos que sim.

– Aceitaria conversar um pouco, beber alguma coisa?

Maria olhou para Francisco de um modo que qualquer homem se derreteria por uma mulher.

– Por que não? Gosto de sua companhia e acredito que goste da minha também.

– Sim! Sua companhia me faz bem, me traz tranquilidade, paz, algo mágico. Consigo esquecer todos os meus problemas e tristezas a seu lado.

– Fico feliz de poder sempre ajudar. Não sabia que causava tantos sentimentos bons em você.

Francisco abriu a porta do carro, Maria entrou e os dois saíram em direção a algum lugar tranquilo onde pudessem conversar e beber algo para relaxar.

Por alguns dias, Francisco conseguiu se encontrar com Maria diariamente. A paixão por aquela mulher foi aumentando, seu desejo de estar com ela todos os dias ia se intensificando, não conseguia mais tirá-la de seus pensamentos e de seu coração.

– Maria preciso lhe confessar uma coisa.

– O que foi Francisco?

– Estou apaixonado por você. Não consigo parar de pensar em nossos encontros, em seu rosto, em seu perfume, um minuto por dia.

Quando o rapaz terminou sua frase já estavam diante de um aconchegante bar daquela região. Os dois saíram do carro e, já na calçada, Francisco pegou a moça pela cintura e sem que ela esperasse qualquer reação dele, lhe beijou. Maria não teve como impedir e se entregou a um beijo apaixonado.

Ao se afastarem, Maria perguntou a Francisco.

– Por que fez isso?

– Não estava mais suportando estar perto de você sem ao menos poder tocá-la, sentir seus lábios, sentir seu cheiro de perto. Não consigo ficar longe de você.

– Mas não podemos fazer isso.

– Por quê? Pensei que gostasse de mim?

– Gosto Francisco, mas não posso me envolver.

– Por que não? Você me disse que era viúva. Achei que não estivesse envolvida com outro homem.

– Não é isso Francisco.

– Então o que está acontecendo? Sinto que gostou do meu beijo, que se entregou.

– É complicado para mim. Não posso me envolver com um homem.

– Não entendo, pode me explicar melhor?

– É complicado, eu não sei como explicar.

– Mas e eu, como fico? Não consigo lhe esquecer. Você não sai da minha cabeça.

– Preciso lhe contar algumas coisas sobre mim.

Francisco se aproximou de novo de Maria e sussurrou em seu ouvido.

O despertar de uma nova paixão | 167

– Depois você me conta, vamos aproveitar esse momento.

Mais uma vez Francisco beijou Maria, agora de uma forma mais efusiva, mais arrebatada, não permitindo que a moça resistisse. Após terminarem aquele beijo apaixonado, Francisco e Maria ainda ficaram com o rosto bem próximo, um sentindo a respiração ofegante do outro, os olhos de Francisco não se desviavam dos olhos de Maria, e novamente se beijaram, porém desta vez ela se afastou após o término daquele beijo tórrido.

– Não podemos continuar. Não quero me arrepender do que posso fazer.

– Se arrepender do quê? Estou confuso com o que está falando.

– Francisco, preciso ir antes que eu cometa uma besteira.

– Não vá. Não deixe que esse momento se acabe.

– Não posso Francisco.

Maria se soltou de Francisco e correu pela calçada, deixando-o parado, estático, sem conseguir ter nenhuma reação pela atitude daquela bela mulher.

A verdade sobre Maria

Maria chegou a sua casa ofegante, seus pensamentos estavam mexidos, aquela fortaleza em forma de mulher estava abalada. Há muito não se sentia assim e isso poderia atrapalhar a missão que determinara para sua vida.

Ainda tentando colocar seus pensamentos em ordem, ela ouviu uma voz forte e rouca lhe falar.

– O que está acontecendo com você Maria? Esqueceu de sua missão? Tenho visto que anda fraquejando e se entregando a desejos que já não deveriam mais fazer parte de sua caminhada.

Maria se assustou e quando se virou, viu aquele homem alto, de aparência séria, roupas de cor neutra, uma longa capa branca e com um olhar profundo, que conseguia ver dentro de sua alma.

– Não sei como deixei me envolver.

– Espero que não esteja se apaixonando por aquele homem.

– Não. Claro que não. Apenas fraquejei, mas já estou me recompondo. – Maria tentou se justificar, mais para ela do que para homem que lhe inquiria.

– Espero que seja apenas um momento de fraqueza, pois não será tolerado que se prenda a estes sentimentos carnais.

Maria abaixou a cabeça, pediu desculpas e se retirou da presença do homem. Quando mais uma vez aquela voz forte falou.

– Quando já estiver refeita, volte para conversarmos.

Ela concordou com a cabeça e saiu.

Francisco voltou para casa sem entender nada daquilo que acontecera. Por que aquela mulher que lhe causara tantos sentimentos bons, fugira daquela maneira?

Naquela noite ele não conseguiu pregar os olhos, o cheiro, o gosto dos lábios, e aquela pele suave de Maria não saíam de seus pensamentos. Tentava de todas as maneiras compreender o que havia acontecido com ela, para que fugisse daquele jeito. Como fora se envolvera com uma mulher tão misteriosa?

O final de semana passou e Francisco não conseguiu encontrar respostas para seus questionamentos.

Maria tentava não ter que confrontar seus sentimentos e expor o que estava sentido àquele que era mentor e incentivador de sua nova missão, mas isso não foi possível. A todo o momento sua consciência lhe chamava a responsabilidade e resolveu encarar o problema de frente.

– Pensei que iria se esconder por mais tempo.

– Não estava me escondendo, apenas queria colocar os pensamentos em ordem para compreendê-los melhor.

– O que está acontecendo Maria?

– Não sei mestre. Acho que deixei me envolver pela dor daquele pobre homem e meus sentimentos e desejos acabaram sendo aflorados.

– Você sabe que não pode deixar que isso a domine, se não cairá outra vez e tudo que fez em busca de sua evolução irá por água abaixo.

– Eu sei, acabei me deixando envolver pela situação, mas prometo que não irei mais deixar que isso se repita.

– Espero que sim. Se não vou ter que tomar providências para garantir que não jogue fora tudo o que conquistou até agora. Você sabe que é uma das minhas melhores trabalhadoras e preciso que continue assim e busque cada vez mais sua evolução.

– Pode ficar tranquilo, não o desapontarei de novo.

– O que você pretende fazer com o rapaz?

– Preciso lhe contar a verdade, por mais que isso doa nele.

– Mas será que ele estará preparado para ouvir o que você tem a dizer?

– Não sei mestre, mas vou arrumar uma forma que ele compreenda, mesmo que para isso... – Maria ficou calada por alguns instantes e continuou – eu tenha que usar de minha magia.

– Tome cuidado com sua magia, você pode criar danos irrecuperáveis no rapaz. Nunca se esqueça de quem você é e de sua força Maria Padilha das Almas.

– Pode deixar mestre, tomarei todas as precauções para que Francisco não sofra.

– Assim espero.

Maria Padilha pediu licença, se despediu e retirou-se da sala de seu mestre. Precisava pensar como faria para contar toda a verdade a Francisco e mostrar-lhe que não fazia mais parte de seu mundo, apenas tinha passagem livre para ajudar aqueles que a ela pedissem ajuda.

Maria estava caminhando na mesma calçada onde sempre encontrava com Francisco, era o mesmo horário que costumavam se encontrar e logo viu que o carro preto dele encostou. Francisco desceu do carro e abordou a moça.

– Maria, tudo bem? O que está acontecendo? Fiquei preocupado com você? Fiz algo errado? – Francisco tinha tantas perguntas a fazer que acabou se atropelando.

– Precisamos conversar Francisco – respondeu Maria calmamente.

172 | *Vida que Segue*

– Antes que comece a falar, queria me desculpar pelo meu atrevimento.

– Fique tranquilo, assim que lhe contar tudo sobre mim, você irá entender porque tive que agir daquela maneira.

– O que acha de irmos a algum lugar mais tranquilo? – perguntou Francisco.

– Acho melhor, assim não seremos interrompidos. O que tenho para lhe falar é muito sério.

– Estou ficando preocupado.

– Não fique.

Maria entrou no carro com Francisco e foram a um bar perto de onde se encontraram, ele conhecia um lugar que era sossegado naquela hora, assim poderiam conversar sem interrupções.

Francisco estacionou o carro na frente do bar e os dois entraram, logo na porta um garçom lhes abordou e os encaminhou para uma mesa isolada em um canto do bar.

– Vocês querem pedir alguma coisa? – perguntou o garçom.

– Eu quero uma dose de whisky, e você Maria?

– Vou querer um Martini vermelho se tiverem.

– Irei providenciar, com licença.

Não demorou muito e o garçom voltou com as bebidas.

– Aqui está. Se precisarem de mais alguma coisa é só me chamar.

Antes que o garçom se afastasse, Francisco pediu.

– Por favor, não gostaríamos de ser incomodados.

– Pode deixar, cuidarei para que vocês fiquem à vontade sem interrupções.

– Obrigado.

– Então Maria, o que você queria me falar de tão sério?

– Preciso lhe contar toda a verdade sobre mim, mas antes queria lhe pedir uma coisa?

– Pode pedir.

– Quero que mantenha sua mente aberta para o que vai ouvir e não me julgue sem antes analisar tudo.

– Isso está ficando cada vez mais misterioso.

– Bem, a primeira coisa que precisa saber é que não pertenço mais a este mundo.

– Que mundo?

– Não me faça perguntas, tudo isso está sendo muito difícil, e se me interromper com questionamentos, não sei se terei coragem de chegar até o final.

– Eu peço que me desculpe, pode continuar – falou Francisco resignado.

– Como disse, não pertenço mais a este mundo, o mundo material. Desencarnei muitos anos atrás. Quando ainda pertencia ao mundo material, fiz muitas coisas boas, mas também fiz outras ruins, que me transformaram no que sou hoje – explicou Maria. – Quando estava encarnada eu tinha uma casa com muitas meninas, grande parte delas eu retirei das ruas, doentes, com fome, com frio e dei-lhes comida, agasalho e ajudei a curá-las de suas moléstias. Porém, ao mesmo tempo em que eu cuidava destas garotas, elas acabavam trabalhando para mim, atendendo alguns clientes que vinham me visitar em busca de um prazer extraconjugal, no entanto minha casa não era um bordel, ou se era não estava explícito. Mas não foi sempre assim.

"Quando eu era moça, era bela, charmosa, e muitos homens se sentiam atraídos por mim. Eu tinha tudo que queria, belas roupas, perfumes joias e tudo mais que ganhava de meus admiradores. Alguns homens brigaram por mim e muitos tentaram me esposar, mas eu não queria me prender a homem algum, gostava da vida que levava.

O tempo foi passando e a beleza que antes era meu maior trunfo, foi se acabando, como é natural a todos. Chegou um tempo em que eu não era mais visitada pelos meus admiradores e os presentes foram diminuindo. Caí em depressão, me achando a pior das mulheres.

Um belo dia uma linda jovem bateu a minha porta, estava suja, com fome, frio, com febre e dores no corpo. Naquela época a peste atacava sem piedade e aqueles menos providos eram os mais vitimados pela doença, por falta de assistência médica e as precárias condições de saúde e higiene. Cuidei desta moça como se fosse uma filha, dei-lhe, comida, carinho, conforto e a curei de sua enfermidade com alguns remédios, chás e muito banho quente. A moça se recuperou e mostrou toda sua beleza. Comecei a ter afeto por aquela menina que não tinha mais de dezessete anos. O carinho era recíproco.

Certo dia, um dos poucos admiradores que me sobraram, após eu não ter mais aquela beleza estonteante de outros tempos, veio me visitar. Tentei não deixar que visse a menina, para evitar problemas, mas enquanto conversávamos e entre uma carícia e outra, Jaqueline entrou na sala. Meio constrangida com aquela situação, briguei com a moça e pedi que saísse imediatamente de lá. Porém meu visitante pediu que ela ficasse mais um pouco, ele havia se encantado com tamanha beleza e com seu corpo já tomando formas de mulher.

Josefina era uma bela jovem, cabelos negros como a noite, lisos e compridos, sua pele clara e seus olhos verdes, deixavam aquela menina com uma beleza fora do comum, sua estatura baixa e seu corpo bem desenhado deixava qualquer homem inebriado com aquele conjunto. Era realmente uma linda jovem que começava a desabrochar em uma linda mulher.

– Quem é a moça Maria?

Maria de bate-pronto com o que lhe veio na cabeça respondeu.

– Minha sobrinha que veio passar uns dias em minha casa para se recuperar de uma doença que estava lhe consumindo.

O homem se soltou de mim, se levantou e caminhou em direção à bela jovem que se mostrava acanhada naquele momento.

– Que linda mulher você tem aqui.

– Mas não é pro seu bico. Ainda é uma criança.

– Mas esta criança pode lhe ajudar a sair da situação que se encontra, principalmente porque seus encantos estão acabando e apenas eu ainda lhe visito para lhe dar presentes, e com essa bela moça isso tudo mudaria. Principalmente depois que os homens desta cidade souberem da notícia.

Eu tentava repudiar o que ouvia daquele homem, mas ele estava certo, minha situação financeira não era uma das melhores e, se nada acontecesse, eu teria que entregar minha casa e sabe lá para onde iria, talvez para o meio da rua. Mas ainda tentei lutar contra aquela ideia, me sentia em uma encruzilhada.

– Ela é muito jovem ainda e não quero jogá-la nesta vida.

– E por que você não a deixa decidir? A menina pode retribuir tudo que você fez por ela e ao mesmo tempo ter uma vida melhor.

Desconcertada, nada respondi, apenas brigava com meus pensamentos que diziam para eu por aquele homem para fora e afastar de minha cabeça aquela ideia depravada, mas o outro lado me mostrava a realidade e tudo que estava em jogo.

– Acho melhor você ir embora agora, eu não quero mais visita hoje.

– Mas Maria... – ele tentava argumentar.

– Nem mais nem menos, saia de minha casa e me deixe em paz.

O homem vestiu sua casaca, pegou a cartola, beijou levemente meu rosto e sussurrou em meu ouvido:

176 | *Vida que Segue*

– Se mudar de ideia mande me avisar, quero ser o primeiro a provar essa belezura.

Virei o rosto e o empurrei para fora de minha casa. Após despachar o homem, voltei à sala onde a menina ainda estava estática, encabulada e com medo do que ouvira.

– Não fique assim Josefina, nada de mal vai lhe acontecer. Por isso que não queria que viesse à sala por motivo algum.

– Madrinha, me perdoa, eu só queria saber se vocês queriam um café que acabara de passar, não sabia que ele era seu namorado e estavam em momentos íntimos.

– Não importa agora. Preciso pensar como farei para sair deste problema financeiro que me encontro, este era o único de muitos que ainda me ajudava e agora não sei se vai continuar assim.

– Madrinha se for preciso eu ajudo a senhora.

– Não fale besteira menina. Não sabe o que está falando.

– Sei sim madrinha. Sei que nosso problema é sério e que se não fizermos nada, seremos despejadas.

– Como sabe disso?

– Ouvi o senhorio lhe falar à porta.

– É, nossa situação está bem complicada, mas vamos dar um jeito.

– Madrinha. Sou forte e posso suportar muita coisa para retribuir toda ajuda que a senhora me deu.

– Vou pensar no assunto. Agora vamos dormir que já está tarde.

Mandei a menina para o quarto e fui até a cozinha beber um gole de Martini vermelho que guardava em uma estante.

Aquela noite passei em claro, não conseguia parar de pensar como poderia resolver meus problemas e na proposta feita pelo meu único admirador.

O dia já estava clareando quando fui me deitar, precisava descansar o corpo e a mente um pouco, só assim conseguiria achar uma solução para meus problemas.

Já era próximo ao meio-dia quando um cheiro de comida me fez despertar. Levantei e fui à cozinha para ver o que Josefina estava preparando.

– Bom dia!

– Bom dia madrinha.

– O que está preparando?

– Um almoço especial para a senhora.

– Mas não temos quase nada na dispensa.

– Mas hoje vai ser o último dia de sofrimento, eu decidi que vou ajudar a madrinha.

Eu ia falar alguma coisa quando uma batida na porta chamou nossa atenção. Eu mesma fui abri-la. Uma moça mal vestida, com feridas pelo corpo e muita febre, mal se aguentava em pé. Eu e Josefina amparamos a jovem e a recolhemos.

– Ajude-me a colocá-la no sofá Josefina.

Josefina pegou a moça por um dos braços enquanto eu pegava pelo outro e a levamos até o sofá da sala. A menina sentindo que estava protegida se entregou e desmaiou.

– Pegue um pouco de água e um cobertor.

– O que ela tem madrinha?

– Ainda não sei, mas vá buscar o que lhe pedi.

Josefina correu para atender o que Maria pediu.

– Aqui está madrinha.

Acomodei a moça no sofá, dei alguns tapinhas em seu rosto para despertá-la e fiz a pobre beber um pouco de água.

– Ela está acordando – falou Josefina.

– Faça um chá de aroeira, isso ajudará na infecção dos machucados e irá diminuir a febre.

A moça estava assustada, não sabia como havia chegado ali.

– Calma menina. Você está segura aqui. Qual o seu nome?

– Verônica senhora. Onde estou?

– Em minha casa, e parece que seu estado de saúde não está nada bem. O que houve?

– Fui expulsa de casa, meus pais achavam que eu tinha pego uma doença do meu namorado depois que me pegaram...

A moça não teve coragem de continuar, ficou vermelha e calou-se.

– Quando foi isso?

– Ontem à noite?

– E por que acharam que você pegou algo de seu namorado? Tudo isso só por que estavam transando?

– Porque ele também tinha algumas marcas no corpo que pareciam feridas cicatrizando.

– E o rapaz?

– Fugiu de medo dos meus pais.

– Mas não foi procurar você depois?

– Ele não sabe que fui expulsa de casa dois dias depois do acontecido.

– Foi quando surgiram as feridas.

– Sim.

– Bem, vamos cuidar delas, depois a gente vê o que faz.

– Josefina prepare um banho quente para a Verônica.

Enquanto a garota tomava banho, Josefina aproveitou para tocar outra vez no assunto que eu queria evitar.

– Madrinha já me decidi. Não temos alternativa, eu vou atender seus amigos para ajudar em casa.

– Não fale besteira Josefina.

– Não temos escolha madrinha. E a senhora pode selecionar os clientes.

Pensei por alguns instantes e vi que não tínhamos mesmo escolha.

– Está certo, mas não se deitará com qualquer um.

– De acordo madrinha.

Mandei um recado a Vicente, meu último admirador, dizendo que a moça estaria disponível, mas apenas para clientes importantes e que ele desse a notícia.

Logo minha casa começou a voltar a ser bem frequentada e os problemas foram se afastando à medida que mais meninas chegavam em busca de ajuda e acabavam colaborando para manter o lugar sempre com conforto. Eu coordenava tudo, mas não deixava que meus amigos chamassem meu lar de bordel.

Mas nem tudo era só alegria. Algumas meninas começaram a atrasar a menstruação e logo apareceram grávidas de homens importantes e casados. Essa situação começou a trazer encrencas para minha casa e me vi obrigada a resolver o problema antes que ele viesse ao mundo, e muitos abortos foram realizados. Muitas vidas que estavam se preparando para vir a este mundo foram aniquiladas. Com isso consegui manter o bom funcionamento da casa, porém adquiri uma conta grande com o mundo espiritual.

O tempo foi passando e a minha saúde já não era perfeita, a idade avançada fez com que logo eu desencarnasse.

Após a minha morte na carne, sofri muito pelas atrocidades que cometi realizando vários abortos, esse sofrimento demorou muito tempo, até que fui resgatada por um ser de luz que trabalhava nos mundos inferiores. Este ser ajudou a curar minhas feridas e me ensinou muito. Quando eu estava preparada, ele me perguntou se gostaria de ajudar àqueles que se perdem ou que sofrem com problemas de saúde, amor e problemas financeiros. Não pensei duas vezes e hoje sou uma trabalhadora da luz e encontrei na Umbanda espaço para ajudar ao próximo e buscar minha evolução.”

180 | *Vida que Segue*

Francisco ouvira toda a história da bela moça atento a cada detalhe que ela contava. Estava impressionado com tudo e perguntas brotavam em sua cabeça.

– Não sei o que falar, mas ao mesmo tempo tenho tantas perguntas que não sei por qual começar.

– Eu entendo Francisco e sinto por ter me deixado envolver tanto com você.

Francisco passava as mãos pelos cabelos e tentava colocar em ordem seus pensamentos, mas ainda não conseguia dizer nada.

– Francisco eu me chamo Maria Padilha das Almas e sou um espírito desencarnado. Sou hoje da falange das pombagiras Maria Padilha e trabalho para o bem.

– Mas como você é um espírito desencarnado, se eu a vejo e o garçom também a vê.

– Tenho poder de permitir que me vejam quando acho necessário.

– E por que permitiu que eu a visse no cemitério?

– Você estava sofrendo e senti a necessidade de lhe ajudar de alguma forma. Já havia visto você antes, quando meu mestre Ogum Megê o salvou das garras daquele espírito trevoso que o dominava.

– Agora eu me lembro de uma moça naquela noite, mas o meu medo era tamanho que as lágrimas me embaçavam os olhos e não pude prestar muita atenção no rosto, apenas vi que era uma guerreira muito bonita e valente.

– Essa era eu.

– E por que permitiu que eu me envolvesse com você sabendo que não teria chance alguma de tê-la?

– Não sei o que aconteceu comigo, tudo foi tão rápido que quando vi já estava envolvida também. Nós somos passíveis de erros. Estamos buscando conhecimento e evolução, assim como vocês os encarnados. Não queria que chegasse a esse ponto e peço desculpa pela minha fraqueza.

– E eu, como fico agora?

– Você ficará bem, pois sempre estarei ao seu lado para ajudá-lo a superar todos os seus desafios. É uma promessa que faço.

Francisco ainda estava atordoado com tudo, não sabia se acreditava na moça ou achava que tudo não passava de um pesadelo.

– Já que é um espírito desencarnado e tem seus poderes, gostaria de fazer uma pergunta.

– Pode fazer, porém só responderei se eu tiver a permissão para isso.

– Quero saber como está Jussara?

– O que posso lhe dizer é que ela está passando pelo que precisa passar, mas em breve iremos resgatá-la e encaminhá-la a um hospital do mundo astral para que se recupere e possa seguir em sua caminhada evolutiva.

– Ela está sofrendo? Resgatar de onde?

– Quando desencarnamos, levamos algum tempo para perceber que fizemos a passagem e isto nos prende ainda neste mundo, além de nossos pensamentos e sentimentos que se afloram com maior intensidade. É como se precisássemos nos livrar de todos os esqueletos que guardamos em nosso armário mental, antes de seguirmos em busca de nossa evolução.

Francisco não queria mais perguntar nada naquele momento, sentia apenas vontade de ir embora e ficar sozinho com seus pensamentos.

– Preciso ir, não estou me sentindo muito bem.

– Fique em paz Francisco, amanhã será um novo dia e você não se lembrará de nada que conversamos e nem de que um dia fiz parte de sua vida.

182 | *Vida que Segue*

– Mas se vou esquecer de tudo, por que me contou sua história?

– Porque você merecia saber.

– Mas se não vou lembrar de nada, não precisava ter essa preocupação comigo.

– Você apenas terá um sentimento especial por mim, assim como terei por você e saberá que quando precisar poderá chamar por mim, não saberá o porquê, mas saberá que estarei ao seu lado.

Francisco chamou o garçom, pediu a conta e saiu com Maria daquele bar. Já na calçada em frente, Francisco se atreveu a perguntar:

– Posso lhe fazer um último pedido?

– Pode, só não sei se poderei atendê-lo.

– Posso lhe dar mais um beijo? Queria sentir pela última vez seus lábios tocarem os meus.

Maria pensou um pouco e decidiu atender ao pedido. Francisco e Maria se aproximaram, seus lábios se tocaram e um beijo apaixonado se fez outra vez, porém não resistiram a emoção da despedida e lágrimas brotaram dos olhos dos dois.

Francisco se afastou da moça após o longo beijo, entrou no carro e foi embora. Maria Padilha ainda ficou olhando o carro de Francisco sumir na rua apenas iluminada por alguns postes de luz.

O resgate de Jussara

Jussara pedia por sua vida. Não sabia ainda onde estava e por que estava passando por aquilo. Lágrimas corriam pelos seus olhos mesmo fechados. Um pedido de clemência começou a ecoar no ar, porém sem fazer barulho.

Subitamente foi tirada de suas preces e pedidos com um solavanco causado pelo puxão da corrente.

– Vamos sua inútil, a fila está andando. Não quero passar o dia todo aqui.

Tentando ainda se levantar e reunindo forças para firmar suas pernas, a moça foi jogada mais uma vez ao chão, depois de outro puxão na corrente que lhe prendia ao seu algoz.

– Não vai se levantar? Então vai arrastada até o final.

Enquanto era puxada, os homens que lhe aprisionaram gargalhavam como se aquela fosse uma cena de comédia pastelão, porém nada de engraçado tinha em ver uma pobre mulher sendo arrastada sem piedade.

A fila parou mais uma vez de andar e Jussara pode se recompor e juntar forças para se levantar. Suas pernas estavam machucadas, seus braços feridos, mas a dor que mais sentia era a de sua alma, agora mais fragilizada que nunca.

Novamente a pobre aproveitou que a fila estava parada para reunir forças e suplicar por sua alma, mas nada parecia resolver seu problema, que estava próximo de ser piorado.

184 | *Vida que Segue*

De repente uma notícia lhe trouxe esperança de novo, um anão apareceu percorrendo por toda a fila, informando:

– O expediente foi encerrado por hoje. Amanhã reabriremos as cinco da manhã.

O homem que chefiava aquele grupo segurou o anão pelo braço e esbravejou.

– Não podemos passar a noite nesta fila, vocês não podem interromper o atendimento agora. Preciso me desfazer desta inútil e seguir viagem.

O anão olhou para seu braço seguro por aquela mão imunda, olhou para cima, se livrou daquele homem e respondeu.

– Não está satisfeito então vá falar com o chefe. Ou suma daqui e não atrapalhe meu trabalho.

O homem olhou para o começo da fila, avistou o chefe sentado em uma cadeira diante de uma mesa com dois brutamontes fortemente armados ao seu lado e resolveu.

– Vamos passar a noite aqui, não vale a pena nos estressarmos por algumas horas.

Os homens que o acompanhavam evitaram fazer qualquer comentário para não sofrerem com a ira de seu chefe. Sentaram-se no chão e puxaram Jussara para junto deles.

– Chefe, já que não temos nada a fazer, podemos brincar um pouco mais com esta belezura.

– Ninguém vai mexer na mercadoria hoje, ela precisa estar bem para causar uma boa impressão e nos render um bom pagamento.

Jussara respirou aliviada com o que ouvira do chefe daqueles brutos, seu corpo estava cansado demais para resistir a mais uma sessão de estupro. Deitou-se no chão e se encolheu, como se aquilo fosse lhe proteger e ajudá-la a se esquentar, e tentou descansar um pouco.

Logo o silêncio pairou no ar, a única coisa que se ouvia era os roncos dos homens e uns rosnar ao longe, vez ou outra o silêncio era interrompido por gritos de socorro e de dor, que faziam com que Jussara abrisse os olhos assustada. Ela não conseguia relaxar nem dormir, a única coisa que conseguia era chorar e pedir em silêncio por ajuda. Depois de muito tempo conseguiu pegar no sono.

Já estava quase na hora de recomeçar o atendimento quando Jussara foi acordada aos chutes por aqueles homens que lhe faziam de escrava.

– Levante sua inútil, quero você de pé quando chegar nossa vez.

Jussara esfregou as costas das mãos nos olhos inchados de tanto chorar e se levantou.

– Logo nos livraremos de você e poderemos seguir viagem.

A moça tentou argumentar, mas com um safanão foi ao chão de novo. Ao abrir os olhos viu diante dela uma linda mulher vestindo roupas de couro, uma grande espada e um chicote em sua cintura, aquela imagem chamou a atenção daquela pobre alma que já havia sofrido com tantas atrocidades causadas por aqueles homens que agora tentavam vendê-la a um mercador de escravos.

– Você me chamou? – perguntou a guerreira diante de Jussara.

Antes que ela pudesse responder, o chefe daquele grupo se antecipou.

– O que quer aqui, ninguém lhe chamou. Vá embora antes que se junte a essa pobre coitada. E olha que você daria um bom pagamento, mas antes eu experimentaria esse corpo maravilhoso.

A mulher levantou o rosto, tirando os olhos de sobre Jussara e mirou o homem.

– Vim buscar quem me chamou e pediu por minha ajuda.

– Ninguém aqui quer sua ajuda. Mas já que insisti em me desafiar.

O homem olhou para seus comparsas e deu a ordem para prender a mulher diante deles.

– Prendam está infeliz.

Antes que os homens tentassem esboçar qualquer reação, a bela guerreira desembainhou sua espada e logo os homens estavam no chão sem vida, sobrando apenas Jussara e seu algoz.

O homem tremia de medo diante do que via. Os outros mercadores se afastaram tentando proteger suas mercadorias, um buraco se fez naquela grande fila chamando a atenção do homem que comprava os escravos. Este se virou para um dos brutamontes que estava ao seu lado e com um movimento com a cabeça ordenou que fosse ver o que acontecia.

A guerreira prevendo a chegada do capanga do comprador de escravos olhou para o homem que prendia Jussara e falou.

– Não quero ser injusta com ninguém. Vou comprar sua escrava e espero que não recuse a minha oferta. – Tirou um saco com moedas e atirou de encontro ao homem.

– Espero que isso satisfaça sua ganância.

Com um golpe de espada, cortou as correntes, pegou Jussara pelo braço e saiu daquele lugar, antes que o capanga pudesse chegar perto.

Jussara sem entender seguiu a brava guerreira sem falar nada, sabia que qualquer lugar seria melhor que aquele.

Já distante da fila de escravos, a guerreira parou, olhou para Jussara e falou.

– Fique tranquila, agora você está protegida, vou levá-la até alguns amigos que cuidarão de você.

Jussara ainda estava com muito medo e não ousou ir contra o que aquela bela mulher lhe falava. Caminharam por algumas horas até avistarem alguns homens de branco ao lado de um objeto voador tripulado, que mais se assemelhava a uma nave espacial vista em filmes de ficção científica.

As duas se aproximaram e a guerreira entregou Jussara aos homens que vestiam uma espécie de túnica branca.

– Aqui está ela.

– Obrigado por ouvir nosso chamado, que Deus lhe acompanhe.

– Que assim seja.

A mulher olhou mais uma vez para Jussara, se virou e sumiu em uma nuvem de poeira.

Jussara não estava entendendo nada e perguntou.

– Quem são vocês? Para onde vão me levar?

Um dos samaritanos de Aruanda se antecipou e tranquilizou a moça.

– Fique tranquila, estamos aqui para ajudá-la. Você será levada a um hospital em Aruanda para que possa se recuperar e depois continuar sua caminhada evolutiva.

– E quem é a moça que me salvou?

– Pode chamá-la de Maria Padilha das Almas.

Jussara entrou no veículo e seguiram para o hospital.

A volta ao terreiro de umbanda

A noite foi longa, Francisco não conseguia tirar a imagem daquela linda mulher de seus pensamentos, assim como tudo que havia lhe contado. Já estava clareando quando não resistiu e se entregou a um sono profundo.

Quando despertou estava novamente diante do preto--velho que lhe salvara da pior fase de sua vida.

– O que o senhor faz aqui em minha casa? Preciso ir trabalhar para esquecer tudo que se passou nesses últimos dias em minha vida.

– Se acalme fio, ocê ainda tá durmindo, de pé só tá seu espírito.

Francisco mais uma vez assustado olhou para a cama e viu que seu corpo material ainda repousava em sono profundo.

– Por que estou fora de meu corpo?

– Parece que cada dia que passa o fio aprende menos.

– Desculpe-me, mas estes últimos dias não tem sido fáceis para mim.

– O véio sabe fio, mais não deixe se abatê. Tudo na nossa vida é aprendizado. Nada acontece sem que o homem lá em cima não autorize. Nem sempre conseguimo entendê o real motivo do sofrimento e da alegria que passamo. O dia a dia dos fio, não permite que eles consiga vê aquilo que tá diante dos óios. Os fios só estão preocupado em buscá sucesso, fortuna e poder. Os fios esquece que a verdadeira felicidade não depende disso, mais de apenas amor ao próximo e a si mesmo. Quando os fios se preocupá em buscá a felicidade verdadeira, buscá uma qualidade de vida mió, os fios vão entendê muitas das coisa que acontece ao redó docês.

– Mas como vamos conseguir diminuir o nosso ritmo, se cada dia que passa tudo fica mais difícil, sem dinheiro ninguém sobrevive.

– O problema dos fios é que nunca tão satisfeito com o que tem, cada veiz qué mais e mais e mais. Muitas veiz os fios se esquece que o irmão que tá ao seu lado tá sofrendo, e nem sempre é por falta de dinheiro, muitas das veiz é apenas por falta de carinho, de uma palavra amiga, afeto. Coisas que os fios esqueceu que existe. Parece que estas palavras saiu dos livro de palavras dos fios. E a única razão pra se vivê é pra lutá em busca de prosperidade e poder.

– Nem todos são assim.

– Mais ainda é muito pouco os que pensa numa vida mais simples, porém mais feliz. Poucos são aqueles que não se entrega as intriga, as fofoca, as covardia que os fios faiz uns com os outros. Vejo fios que se diz umbandista, mas só da boca pra fora, pois se o irmão do lado olha torto, já tenta prejudicá o irmão através de mandinga, e muitas veiz, faiz tudo de qualqué maneira que acaba prejudicando o irmão, a ele mesmo e os que tão próximos dele. Vejo nos fios que o poder sobe à cabeça e acaba deixando o ego falá mais alto e se entrega a espíritos malfeitores em troca de uma felicidade irreal se esquecendo que a cobrança será inevitável. Depois os fios sofre, o corpo doece, o espírito doece e não sabe o que tá acontecendo. Tem fio que é espiritualizado e conhece bem como funciona as coisa do mundo espiritual, mesmo assim teima em se associá a espíritos de pouca luz em troca de uma

A volta ao terreiro de umbanda | 191

felicidade artificial que logo acaba e deixa marcas, que em alguns casos, demora muito pra sumi.

Francisco ouvia tudo o que o velho negro lhe falava e começou a pensar em sua humilde existência, tudo passava como um filme em sua tela mental, logo lágrimas começaram a correr pelo seu rosto sem que conseguisse contê-las.

– Não chore fio, nêgo véio não tá falando isso pro fio chorá, apenas pro fio pensá em sua vida. Revê alguns conceitos.

Francisco tentava se controlar, mas a emoção lhe tomava conta e aproveitando aquela conversa perguntou.

– O senhor sabe como está Jussara?

– Agora tá bem fio, já foi resgatada e tá sendo cuidada por amigos.

– Foi resgatada de onde?

– Fio, quando desencarnamo, todos passamo um período em paragens que varia de acordo com nossa conduta e pensamento na carne. Ficamo um período nestes lugá, uns mais outros menos, pra purgarmo todos os sentimento e vício que tanto prejudica a alma quando encarnado. Quando estamo pronto pra seguí na evolução do nosso ser, somos resgatado por espíritos de luz. Aqueles que se nega seguí na direção da luz vão caindo cada veiz mais até se perdê totalmente em seus sentimento.

– Que bom que ela foi resgatada e agora está bem.

– O véio vai fazê uma coisa pra acalmá o coração do fio.

Nesse momento o preto-velho pegou a mão de Francisco e os dois plasmaram para um lugar que o rapaz nunca estivera antes. Era uma cidade muito bem planejada, com bosques, parques, ruas arborizadas, edificações bem arquitetadas. A energia do local era sublime, a paz reinava naquela cidade, ele podia sentir isso em seu coração.

– Onde estamos?

– O fio tá em uma cidade do mundo espiritual, pra onde são trazido os espíritos desencarnado pra se tratá e continuá no caminho da evolução.

– O senhor me trouxe aqui para eu ver Jussara?

O preto-velho apenas consentiu com a cabeça e Francisco mais uma vez deixou a emoção brotar de seu coração, desta vez as lágrimas que escorriam de seus olhos eram de intensa satisfação.

– Porém a fia não verá o fio, assim como os outros paciente, apenas algumas pessoas vão podê vê o fio.

– Vê-la já me fará feliz.

Os dois caminharam por uma pequena rua arborizada que terminava na porta de um grande prédio que trazia a inscrição "Hospital da Luz". Entraram e caminharam até a enfermaria onde Jussara se recuperava. Quando chegaram à porta da enfermaria, um médico lhes aguardava.

– Bom dia meus amigos! – falou o médico.

– Bom dia. Como tá nossa menina? – perguntou o velho.

– Está se recuperando e acredito que em breve receberá alta.

– Que ótimo. Fico feliz pela sua atenção a essa fia.

Francisco não se continha em saber que poderia ver sua amada mais uma vez e não conseguia formar nenhuma frase, queria apenas rever Jussara.

– Podemo vê a fia? – perguntou o preto-velho.

– Acompanhem-me – respondeu o médico.

Francisco e o preto-velho acompanharam o médico até um leito onde Jussara estava dormindo, serena e com a aparência ótima.

– Ela está linda como no dia que a encontrei pela primeira vez – falou Francisco.

A volta ao terreiro de umbanda | 193

– Isso é o reflexo da memória que o ocê guardô dela e pro fio, ela sempre terá essa aparência.

– Ela parece serena, tranquila, nem parece aquela Jussara que sofreu tanto com a doença.

– Quando ela chegou aqui estava muito debilitada, com feridas pelo corpo, mas aos poucos foi se recuperando e hoje está bem – disse o médico.

– Fio agora precisamo partí – falou o preto-velho.

– Por favor, deixe eu olhar apenas mais um pouco para ela – respondeu Francisco. Ele aproveitou aqueles poucos minutos como se fosse a última coisa que faria em sua vida. Seu espírito brilhava, tamanha era sua alegria. A energia emanada por Francisco era tão grande que até outros doentes em estados mais graves sentiam aquela força boa que o rapaz irradiava.

– Precisamo ir agora fio.

Francisco olhou para o preto-velho e sem emitir qualquer som consentiu com a cabeça. Os dois agradeceram a atenção dispensada pelo médico e plasmaram de volta para o quarto de Francisco. Antes que voltasse ao seu corpo carnal, o rapaz se ajoelhou diante do preto-velho e falou:

– Muito obrigado. Foi à experiência mais maravilhosa que já tive em toda a minha vida. Obrigado por me deixar ver a minha amada esposa mais uma vez. – Francisco chorando de emoção beijou as mãos calejadas daquele velho espírito de luz e voltou ao seu corpo carnal.

Já era quase meio-dia quando Francisco se levantou naquele sábado. Sentia-se leve e com uma felicidade radiante, porém não se lembrava de nada do que havia acontecido na noite anterior e nem de seu envolvimento com Maria Padilha.

Levantou-se, tomou banho, preparou um café e resolveu que aquele dia não se envolveria com o trabalho, iria aproveitar o belo dia que fazia lá fora para viver a vida. Resolveu

194 | *Vida que Segue*

sair, ver pessoas, passear em parques, queria se sentir mais próximo à natureza.

Voltou para casa no final da tarde, tomou um banho, preparou seu almoço e foi ao computador pesquisar sobre espiritualidade e verificar alguns e-mails. Logo se deparou com um e-mail de sua secretária que informava que teriam gira em seu terreiro e que seria gira de preto-velho. Francisco achou estranho ter recebido aquele e-mail de Marisa misturado com assuntos profissionais, mas não se aborreceu. Passou alguns minutos olhando para aquele e-mail e decidiu que iria visitar o terreiro que Marisa trabalhava.

Às oito horas da noite Francisco chegou ao terreiro e foi logo recebido por Marisa.

– Olá seu Francisco. Que bom vê-lo aqui – falou Marisa.

– Recebi um e-mail seu me avisando da gira de hoje. É assim que se fala né? Respondeu Francisco.

– Sério? Peço desculpa chefe. Acho que foi por engano.

– Não me chame de chefe aqui, apenas de Francisco – disse com simpatia. – Quanto ao e-mail, então não era para eu estar aqui?

– Não é isso, mas realmente foi por engano. Quanto estar aqui, acho que era mesmo para acontecer, pois coincidência não existe. Alguma força maior queria que viesse e fez com que eu lhe mandasse por engano aquele e-mail. Muitas coisas acontecem sem explicações plausíveis.

– De qualquer forma eu gostei de receber o comunicado e vir hoje aqui, acho que devo agradecimentos, a um certo preto-velho.

– Fique à vontade, vou terminar de me preparar, pois já iremos começar.

Marisa se despediu de Francisco e entrou na área reservada aos médiuns, enquanto o rapaz se acomodou em um banco.

A gira começou e os trabalhos foram se desenvolvendo como deveriam acontecer, veio o intervalo e Francisco pediu para se consultar com o mesmo preto-velho que havia conversado enquanto Jussara ainda era viva.

– Francisco – chamou a moça que cuidava de encaminhar os consulentes aos médiuns incorporados. Ele logo se levantou e acompanhou a moça até a presença da entidade incorporada.

– Salve fio. Veio visitá o véio?

– Vim sim senhor. Precisava lhe agradecer toda a ajuda que tem me dado.

– O véio fica feliz que o fio agora tá bem e no caminho certo. Espero que o fio tenha aprendido bastante com tudo que passô e possa tirá o mió pra sua vida.

– Aprendi sim meu pai. Posso dizer que estou pronto para continuar a viver.

Durante alguns minutos Francisco conversou com o preto-velho sobre tudo que havia passado e as visitas daquela entidade em seus sonhos.

– Bem, vim aqui apenas para agradecer toda ajuda e pedir desculpas por meu comportamento irracional, mas agora preciso ir.

– Antes que o fio se vá, preciso passá um recado pro fio.

– Recado? De quem?

– Ocê vai sabê de quem é. – A entidade parou um minuto, como se estivesse escutando e depois falou: – Ela pede pro fio continuá a vivê e nunca desisti dos sonhos do fio. O fio precisa voltá a ter outra companheira pra ajudá o fio na caminhada. Ela disse também, que tá bem e que sempre olha pelo fio.

Francisco não conteve a emoção e mais uma vez diante daquele seu amigo do astral, começou a chorar, lágrimas de alegria e de emoção por receber um recado de sua amada esposa Jussara.

196 | *Vida que Segue*

– Se o senhor me permitir queria mandar um recado para ela também. O senhor entrega?

– Pode falá fio. Ela tá ouvindo o fio.

– Quero dizer que a amo demais e nunca irei esquecê-la, por mais que outra mulher entre em minha vida.

– Ela tá dizendo que também não vai esquecê o fio jamais, mais qué que o fio continue vivendo, pois o fio tem muito o que fazê ainda.

– Pode deixar que vou fazer o que me pede. E queria dizer mais uma coisa. Você é e sempre será o grande amor da minha vida.

Francisco não conseguia controlar o seu pranto, olhava para cima e para os lados, como se tentasse ver alguma coisa ou apenas a imagem de Jussara refletida no ar, mas a única coisa que pode sentir foi um suave carinho em seu rosto. Francisco estava extasiado, não tinha palavras para expressar o que estava sentindo, apenas se levantou e saiu como se estivesse caminhando em nuvens. Sentou-se em uma cadeira e esperou voltar ao seu estado normal antes de voltar para casa.

O despertar de uma nova vida

Francisco acordou cedo na segunda-feira, queria retomar o rumo de sua vida e recuperar o tempo perdido. Sentia-se forte e renovado depois dos últimos acontecimentos do final de semana.

Foi o primeiro a chegar ao escritório, causando espanto aos funcionários à medida que iam chegando para trabalhar. Marisa foi até a sala do chefe saber o que havia acontecido.

– Bom dia seu Francisco.

– Bom dia Marisa.

– Desculpe minha intromissão, aconteceu alguma coisa com o senhor?

– Por que a pergunta?

– Faz tempo que o senhor não chega tão cedo ao escritório.

– Resolvi retomar o rumo de minha vida e colocar todos os projetos que estavam parados em movimento. E quanto a sua pergunta se aconteceu alguma coisa. Aconteceu sim, eu acordei de um pesadelo que estava me consumindo.

– Que bom vê-lo assim de novo chefe.

Francisco sorriu para Marisa e continuou a analisar os papéis em cima de sua mesa. Marisa retribuiu o sorriso e estava saindo quando Francisco a chamou.

– Marisa, muito obrigado por tudo, você tem sido uma ótima funcionaria e também uma boa amiga! Agora vá e me traga uma xícara de café – disse Francisco rindo.

198 | *Vida que Segue*

– Claro chefe, é pra já.

Durante todo o dia Francisco se envolveu com o trabalho e com a finalização da obra de sua casa que já estava parada desde a morte de Jussara, há mais de um ano. Já era noite quando arrumou suas coisas, pegou seu celular e começou a olhar sua agenda, queria retomar as amizades que deixara de lado e resolveu ligar para um amigo de faculdade que há muito tempo não via.

– Alberto? É Francisco quem está falando.

– Francisco! Ainda está vivo?

Depois de fazer aquele comentário, Alberto ficou em silêncio e logo tentou consertar o comentário.

– Desculpe meu comentário infeliz.

– Não se preocupe meu amigo, já estou curado.

– Que bom ouvir você e isso que acabou de falar. Mas a que devo a honra de sua ligação.

– Estava pensando em sair, beber alguma coisa e relaxar um pouco depois de um dia cansativo de trabalho.

– Ótima ideia. Onde gostaria de ir?

– Não sei, faz tempo que não saio.

– Deixa comigo, vou levá-lo em um lugar bem interessante.

– Mas não quero ir a nenhum lugar barulhento.

– Pode deixar comigo. Você está de carro?

– Estou.

– Está no escritório?

– Sim.

Alberto passou o endereço do lugar e marcou com Francisco de se encontrarem lá. Na hora marcada Francisco encostou o carro próximo ao bar e foi ao encontro de seu amigo.

– Olá Alberto.

– Fala meu velho. Quanto tempo que não vamos a um bar para beber e dar risada.

O despertar de uma nova vida | 199

– É verdade, faz tempo. E como vão as coisas?

– Cada vez melhor. Montei meu escritório de advocacia, a clientela está aparecendo. Parece que minha vida entrou nos eixos agora. E você como está?

– Passei por momentos difíceis neste último ano, mas agora estou recuperado e pronto para viver a vida.

– Que maravilha ouvir isso de você.

– E você não casou ainda?

– Casar pra quê? A vida de solteiro está muito boa, vou continuar assim – brincou Alberto.

Os dois conversaram por horas. Francisco contou ao amigo tudo o que havia passado, experimentado e vivido. Todos os seus conflitos, perigos e alegrias. Alberto ouvia atentamente sem interromper, estava impressionado com tudo que ouvira, mas em nenhum momento fez algum comentário de crítica ou duvidou do que o amigo falara.

– Bem, acho que já aluguei você demais hoje.

– Que nada, estava com saudades de nossas conversas. E saber de tudo o que você passou e conseguiu se erguer de novo, me faz ainda mais seu fã.

Francisco riu do comentário do amigo e o abraçou.

– Você é uma piada Alberto, mas gosto muito de você.

– Também gosto de você meu amigo. Saiba que sempre poderá contar comigo, mesmo que seja só como ouvinte.

– Vamos embora? Amanhã preciso estar cedo no escritório, tenho muito que fazer para colocar as coisas em ordem.

– Vamos sim, ainda preciso preparar uma defesa de um cliente, para amanhã. – disse Alberto se despedindo e cada um foi em direção a seu carro.

Chegando a sua casa Francisco tomou um banho e foi se deitar, estava cansado depois de um dia exaustivo de trabalho. Desta vez não custou a pegar no sono.

A noite parecia ser tranquila para Francisco, se não fosse à presença de uma energia densa dentro do quarto. O rapaz se mexia insistentemente na cama, sentindo o efeito daquela força que tentava lhe roubar as energias que agora estavam equilibradas.

Aquele ser trevoso que há tempos lhe prometera uma alegria irreal estava de volta e queria cobrar do rapaz o que achava que era seu de direito. Colocou dois espíritos trevosos na porta para evitar que alguém viesse atrapalhar seus planos e entrou com outros dois para lhe ajudar no serviço.

Quando Francisco entrou em sono profundo e seu espírito se preparava para se livrar daquele invólucro denso que era seu corpo, foi impedido de sair pelos seres trevosos que ali estavam. Tentou por alguns instantes se libertar de seus algozes, mas a tentativa era em vão, pois eram mais fortes e em maior número.

Com o espírito de Francisco já imobilizado, começaram o processo de sugar as energias do pobre homem. Porém quando já estavam sugando quase toda energia do rapaz, os trevosos sentiram a presença de uma força diferente no quarto, olharam para a porta e foram surpreendidos por um preto-velho e dois guardiões ao seu lado.

– Ocês não desisti nunca né? – falou o preto-velho.

– Suma daqui velho, isto não é problema seu e leve estes capangas juntos.

– Como não é problema meu, se esse pobre rapaz é meu protegido.

Antes que os trevosos pudessem continuar, os dois guardiões os imobilizaram e os levaram dali.

O preto-velho se aproximou do corpo de Francisco, tocou-lhe a testa e seu espírito conseguiu se desgrudar do corpo físico. O rapaz parecia cansado e abatido. Assustado perguntou.

O despertar de uma nova vida | 201

– O que está acontecendo? Quem eram aqueles espíritos?

– Calma fio, agora tá tudo bem. Aqueles era coisa ruim do passado que veio cobrá uma coisa que não pertence a eles.

– Que bom que o senhor chegou a tempo.

– Eu disse fio, sempre vô tá por perto pra protegê ocê.

– Mas e se eles voltarem?

– Estes não volta mais. De qualqué forma sempre terá em sua porta um guardião que vai guarda ocê, e toda veiz que for necessário vai me chamá e eu venho ajudá o fio. Mas precisa me prometê que irá sempre mantê sua mente e seus sentimentos equilibrados, pra que sua energia não caia e acabe atraindo estes espíritos pra perto docê, pois se fizé isso nada poderei fazê.

– Pode deixar que me manterei sempre em alerta.

– Se o fio senti vontade deveria trabaiá sua mediunidade, o fio tem um grande potencial. Mas isto tem que parti docê, pois a responsabilidade é grande e espiritualidade não é brincadeira.

– Prometo que se eu me lembrar desta nossa conversa, vou pensar no assunto. Nunca passou pela minha cabeça fazer parte de nenhuma religião.

– Como o véio aqui já disse, no mundo espiritual não existe religião, mais os encarnado ainda precisa disso pra se religá ao Criadô e buscá sua evolução espiritual, mais isso é um assunto pra outra conversa. Agora o fio precisa voltá pro seu corpo pra descansá.

O preto-velho tocou a testa de Francisco de novo e seu espírito voltou ao seu corpo carnal, enquanto o velho ministrava passes espirituais para ajudar a repor as energias de seu protegido, que foram retiradas pelos trevosos.

O rapaz acordou na manhã seguinte renovado, apenas algumas dores no corpo ainda o faziam lembrar-se da noite anterior e aquilo lhe preocupou, não queria mais passar pelo que já havia passado.

Quando chegou ao escritório chamou Marisa à sua sala.

– O senhor quer falar comigo?

– Sim. Sente-se.

– Aconteceu alguma coisa chefe?

– Não Marisa. Quero ter uma conversa de amigos com você. Não é nada com o trabalho.

– O que houve?

Francisco contou-lhe o que havia acontecido na noite anterior e lhe pediu ajuda.

– Diante de tudo isso, queria que me indicasse alguns livros para que eu possa conhecer melhor a Umbanda, pois me sinto bem em seu terreiro e sinto que está na hora de eu começar a mudar minha visão sobre religião.

– Que bom ouvir isso do senhor chefe.

– Nesta conversa não sou seu chefe, sou seu amigo.

– Desculpe chefe, quer dizer, Francisco.

– Então o que me indica?

– Bem, tem um livro novo chamado *Umbanda – Uma Religião Sem Fronteiras*, que explica bem sobre a religião, de uma maneira simples e de fácil entendimento, para que tanto os médiuns quanto os curiosos possam conhecê-la melhor.

– Que bom acho que é este que preciso para iniciar meus estudos.

– Quer dizer que você pretende entrar para a Umbanda?

– Ainda não sei, quero conhecer mais esta religião que me chamou muita a atenção e que, mesmo sem eu prometer nada em troca, me ajudou bastante a recuperar minha auto-estima e o controle de minha vida.

– Fico feliz em saber que pensa assim da Umbanda.

O despertar de uma nova vida | 203

– E agradeço a você por ter me mostrado este lado da vida.

– Não precisa agradecer, fiz o que qualquer amigo faria.

– Mesmo assim obrigado.

Marisa ficou encabulada com o elogio que recebera, eles conversaram por mais algumas horas e ela lhe explicou como funcionava seu terreiro e algumas curiosidades interessantes sobre a religião.

O tempo foi passando, Francisco cada vez mais buscava conhecimento e todo sábado estava na assistência daquele terreiro para renovar suas energia e aprender um pouco mais. No final de seis meses, estudando e frequentando o terreiro como visitante, Francisco se tornou membro daquela corrente mediúnica e começou o seu desenvolvimento espiritual, sem pressa e subindo degrau por degrau.

Vida que segue

Muitas vezes fazemos da adversidade motivo para nos entregarmos a depressão e a martírios incontroláveis. Não aproveitamos os momentos que chamamos de dolorosos ou sofridos, para aprendermos a tirar melhor proveito de cada situação e construirmos uma vida mais sólida e harmoniosa.

Vemos a todo momento mensagens incentivadoras, de autoajuda e de amor ao próximo, mas isso ainda parece ser apenas teoria de pessoas que não se encontraram com a prática em busca da verdadeira felicidade, aquela que vem do coração.

Todos nós sabemos a receita para vivermos uma vida mais harmoniosa, mais tranquila e equilibrada, mas parece que nossas receitas só servem para os outros. Achamos sempre que nossos problemas são infindáveis e só doem na gente. Esquecemos que todos nós temos dificuldades, mas isso não impede que busquemos uma vida feliz, com equilíbrio e que os percalços surjam para nos fazer crescer, nos ensinar a concertarmos aquilo que quebramos ou erramos.

Francisco aprendeu isso de forma dolorosa, mas conseguiu compreender que tudo que passamos nesta vida acontece por escolhas certas e erradas, temos um objetivo, porém o caminho que iremos percorrer até alcançarmos nossa meta, quem determina somos nós mesmos. Não podemos culpar a Deus por nossos insucessos, nem a terceiros por nossos fracassos e sofrimentos. Colhemos apenas aquilo que plantamos.

206 | *Vida que Segue*

Sofremos com tantas desgraças espalhadas pelo mundo, mas o que fazemos para evitar que o caos faça parte de nossas vidas?

Dizemo-nos ser espiritualizados, pertencentes desta ou daquela religião, porém jogamos no lixo todos os fundamentos que aprendemos e olhamos apenas para nossos umbigos, nos esquecendo de que muitas vezes, nossas atitudes nos trazem consequências desastrosas, que acabam respingando naqueles que estão próximos e amamos.

Culpamos as trevas, a escuridão, os espíritos perdidos por nossos sofrimentos, mas quantas vezes não baixamos nossa guarda e acabamos atraindo para perto de nós aqueles que queremos distantes. Às vezes por ciúmes, inveja ou ego, tomamos atitudes impensadas, que podem nos trazer uma felicidade momentânea, uma felicidade irreal, com prazo de validade curto, que depois, certamente nos jogarão para baixo e nos farão sofrer, pois o retorno de tudo o que fazemos é inevitável.

Jussara sofreu, pois não quis enfrentar sua doença de frente. Acreditava que nada poderia derrubá-la. Francisco se acomodou em sua tristeza em saber que perderia sua esposa para a doença e não buscou aquilo que poderia lhe trazer conforto.

Precisamos parar e recomeçar do ponto em que tudo era só felicidade, buscar dentro de nós a criança há muito perdida, aquela que não se importava com luxo ou com riqueza e que com poucos recursos se divertia profundamente. Precisamos rever nossos conceitos e ver que a crença do outro não deve afetar a nossa, pois Deus é um só, e Ele escreve certo de várias formas, seja ela pelo Catolicismo, pelo Protestantismo, pela Umbanda ou por qualquer outra crença que tenha como fim único, se religar a Deus e ao amor incondicional aos seus filhos.

Precisamos acordar e mostrar a todos, que humildade não é sinônimo de submissão, que falsos profetas não podem se utilizar da fé alheia como objetivo de enriquecimento ou de sucesso político.

Somos todos iguais perante aquele que nos criou e precisamos amar ao próximo como a nós mesmos, independentemente de classe social, cultural, credo, raça ou sexualidade. Precisamos respeitar para sermos respeitados, precisamos amar para sermos amados, precisamos compreender para sermos compreendidos.

A vida é um presente maravilhoso que o Criador nos proporcionou, temos que saber aproveitá-la, tirar o melhor que pudermos, para depois não sofrermos com decepções, frustrações e outros vários "ões" que existem por aí.

Em vez de criticar, tente compreender e ensinar, em vez de agredir, física ou verbalmente, abrace e ampare, em vez de excluir, acrescente, some.

Todos nós sabemos o que precisamos fazer para um mundo melhor, para uma vida melhor, basta que coloquemos em prática.

Muitos vão dizer que na teoria é muito bonito, mas na prática não é bem assim, mas se não tentarmos, não saberemos se irá funcionar ou não. E é muito melhor acertar errando do que nos omitir e nos tornarmos sofredores de nossa covardia.

Que Deus esteja convosco e a vida que segue.

Dicas de leitura

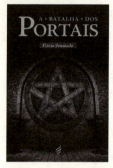

A BATALHA DOS PORTAIS – Flávio Penteado

O mundo físico estava sob ameaça. Os Cavaleiros Negros mais uma vez tentavam destruir a imagem de Deus junto aos seres encarnados. Um grupo que surgiu na época das cruzadas, agora estava de volta buscando cumprir seu objetivo a qualquer custo. A comunhão entre esse grupo e as trevas, auxiliou a abertura de portais, que emanariam energia suficiente para abertura de um portal ainda maior e mais poderoso, por onde seres trevosos invadiriam o mundo físico para tomar de Deus sua mais bela criação: o ser humano.

A vida no planeta Terra estava ameaçada e o tempo era curto, não havia margem para erros. Uma nova batalha entre o bem e o mal estava prestes a se formar e, se os portais não fossem fechados, um grande desastre ceifaria vidas inocentes.

Preparem-se, pois a Batalha dos Portais vai começar.

UMBANDA, UMA RELIGIÃO SEM FRONTEIRAS – Flávio Penteado

O intuito deste livro é mostrar a Umbanda sob nova visão, utilizando uma linguagem simples e de fácil entendimento, para que, mesmo aqueles que nunca pisaram em um terreiro de Umbanda, possam conhecer mais acerca dessa religião, assim como os novos umbandistas e até mesmo os mais antigos, pois conhecimento nunca é demais.

A obra que trata de temas variados: ervas, banhos, defumações, uso de fumo e de bebidas, pontos de força de um terreiro, pontos riscados, pontos cantados, explicações acerca das sete linhas – orixás e guias espirituais – tem por objetivo levar, por meio de perguntas e respostas, esclarecimentos importantes e oportunos para o leitor que deseja conhecer ou mesmo se aprofundar no assunto.

Convido você a entrar neste universo e a compreender um pouco mais essa religião que é 100% brasileira, que busca fazer o bem sem olhar a quem.

OS MENSAGEIROS DA ESPERANÇA – Sérgio Vencio

A Colônia Esperança é um local onde crianças e adolescentes são abrigadas e preparadas para a reencarnação, é o Lar da Criança Menino Jesus.

Liderados pelo mentor Marcos, um experiente grupo de médiuns trabalhadores de um Hospital Espírita, são convidados a auxiliar no tratamento dessas crianças no plano astral.

Animados pela nova perspectiva, entregam-se de corpo e alma nessa aventura que irá levá-los a conhecer locais inusitados como o Templo de Cristal, o Jardim Terapêutico e o próprio Lar da Criança.

Mas acima de tudo, a melhor parte é perceberem que através desse trabalho podem se tornar verdadeiros Mensageiros da Esperança.